深夜食堂

⑳

安倍夜郎

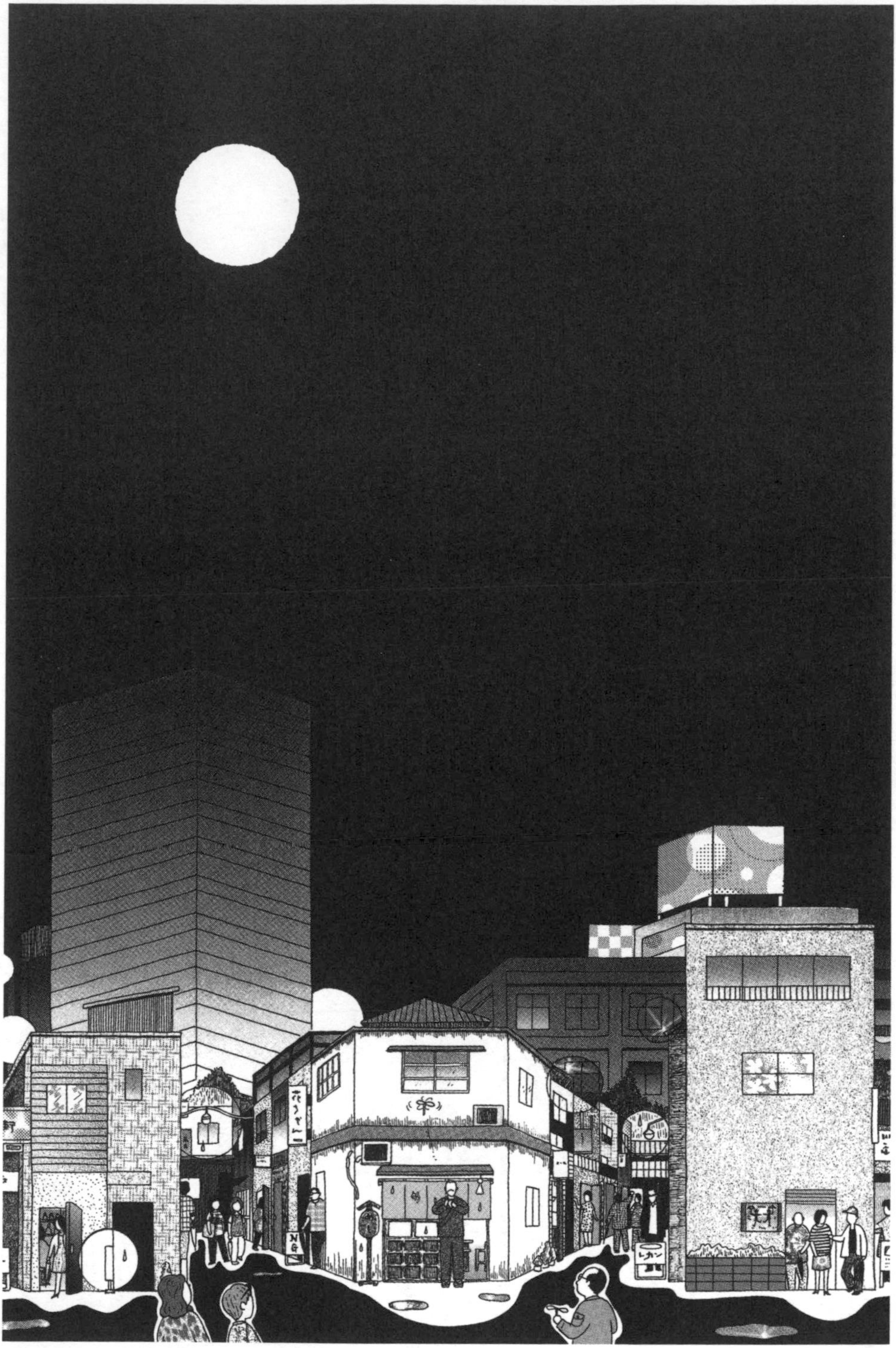

NG
レカン

菜單

清晨6時

第 268 夜◎糯米椒

阿銀也是這樣一面預測賭馬結果，一面喝燒酒加冰塊。
他喜歡烤糯米椒，說他在串燒店都點糯米椒，結果被人家拒絕啦。
我小時候最討厭糯米椒了，最近卻不由得想點來吃。真是不可思議。
阿銀走了幾年了？
有十年了吧……
他是五十七嗎？還那麼年輕……

愛做什麼就去做，隨心所欲地過活，這樣就好了啊。
我還記得阿銀帶小望來的那一天呢。
二十歲生日那時到現在……哎？十七年了?!
喀啦
歡迎光臨。
哎喲，阿銀，新女友嗎？
我女兒啦。二十歲了，帶來跟大家見見面。
我是小望。爸爸承蒙大家照顧了。

阿銀有這麼漂亮的女兒啊!!
她念東大呢。跟我一樣腦筋好！
阿銀非常開心啊。
嗯。
那天在荒木町吃過飯，在三丁目跟黃金街逛了五六家酒吧，離開這裡之後，還帶我去了二丁目的同志店。
他想跟大家炫耀漂亮的女兒吧。
才不是。只是想炫耀我有個念東大的女兒，很了不起吧。那個人基本上很自我中心。
而且之後立刻就和媽媽離婚，跟情婦在一起。

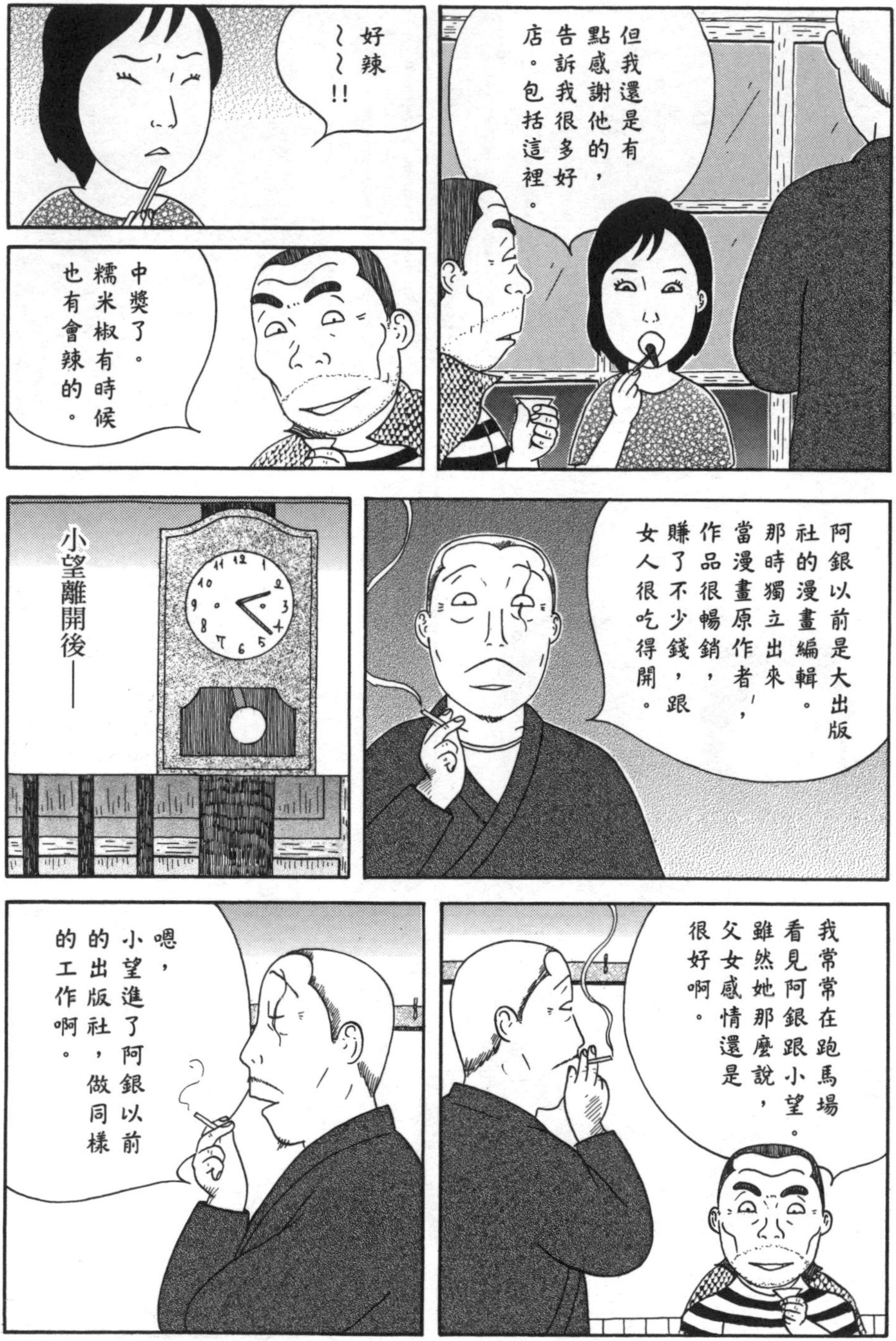
但我還是有點感謝他的，告訴我很多好店。包括這裡。
好辣~~!!
中獎了。糯米椒有時候也有會辣的。
阿銀以前是大出版社的漫畫編輯。那時獨立出來當漫畫原作者[1]，作品很暢銷，賺了不少錢，跟女人很吃得開。
小望離開後——
我常常在跑馬場看見阿銀跟小望。雖然她那麼說，父女感情還是很好啊。
嗯，小望進了阿銀以前的出版社，做同樣的工作啊。

1 替漫畫寫腳本的作家。

五月中的時候，小望跟漫畫家辻先生一起來。
辻先生是透過畫阿銀的原作出道而走紅的漫畫家，
兩人在三丁目的酒吧巧遇。
那家店是阿銀帶他們去的，
在此之前都沒碰到過還真是不可思議呢。
SONIA
坊ちゃん
ブランコ
ABC
老闆，好久不見。
喲，阿辻也像模像樣啦。作品能大賣真是太好了。
託您的福。沒想到小望會變成這樣的好女人，還是個漫畫編輯，真嚇了我一跳啊。
銀次郎先生要是還活著，一定會很高興吧。
誰曉得我會不會批評銀次郎的原作。
老闆，我要糯米椒。
好。

……小望，妳看過妳爸爸原作的漫畫嗎？
這樣啊。銀次郎先生的原作都是充滿男性氣息的故事，但偶爾會出現倔強的少女角色。那一定就是小望吧……
沒有……不知怎地看不下去。
小望，妳知道夢太郎是誰嗎？
……是銀次郎再婚之後的孩子。
對，是小望同父異母的弟弟，今年十八歲了。他現在在我那裡當助手。
妳能看一下他的漫畫嗎？以編輯的身分。
?!

烤糯米椒，久等了。
喔，糯米椒啊。銀次郎先生總是點這個。
小望當上漫畫編輯的時候，阿銀很高興啊。還哭了起來，真不像他。
……
集学館
我是柏木夢太郎。
……

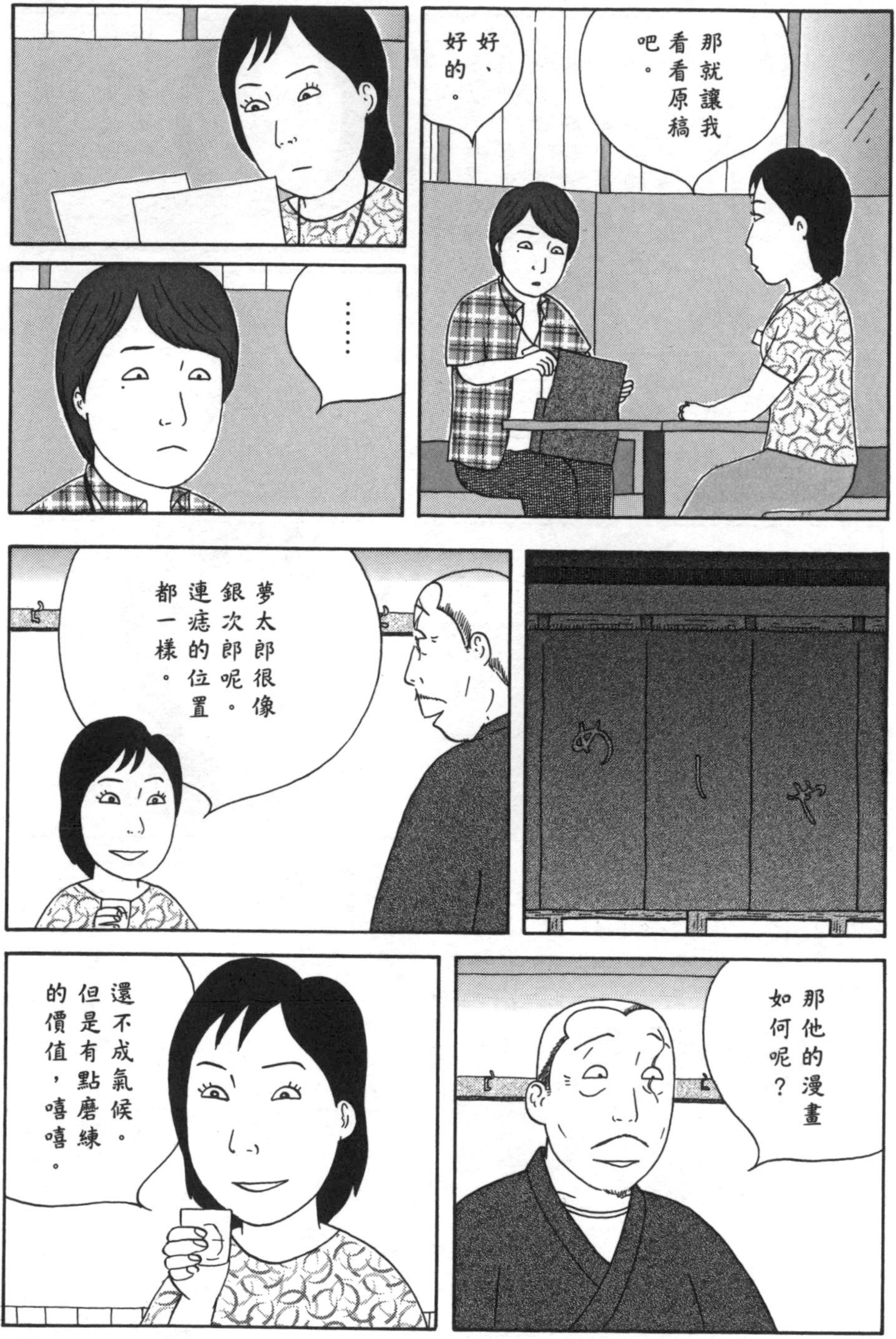
那就讓我看看原稿吧。
好、好的。
……
めしや
夢太郎很像銀次郎呢。連痣的位置都一樣。
那他的漫畫如何呢？
還不成氣候。但是有點磨練的價值，嘻嘻。

這個太無聊了。你真的是柏木銀次郎的兒子嗎?!
……
小望的嚴厲磨練持續了將近兩年，之後夢太郎辭掉了阿辻那裡的助手工作，也不跟小望聯絡了。那天小望聯絡上他，把他帶到店裡來。
這家店，
是我二十歲生日那天柏木銀次郎帶我來的。
要是銀次郎還活著，你滿二十歲時他大概也會帶你來這裡吧。
……
望小姐……妳還能再幫我看看原稿嗎？
好喔。

第269夜◎烤烏賊
大口咬路邊攤賣的那種用竹籤串烤的烏賊，嘴邊沾著醬汁喝啤酒，真是太美味了。有人這麼說，我就試著做了。
店裡是用平底鍋煎的，就不是串燒啦。
本日限定
烤烏賊
七五〇圓
大口咬下，
很好吃啊。

連平常只吃紅香腸的阿龍也很稀奇地吃了。
他年輕的時候好像在路邊攤烤過烏賊。
關西的烤烏賊，是裹上麵粉煎的就是了……
那這在關西叫什麼？
烤整條烏賊吧……
還有把烏賊腳塞進身體裡烤的，叫「烏賊腳燒」。
把內臟塞進去烤的叫做「內臟燒」。
哦，種類可真多呢。呼……

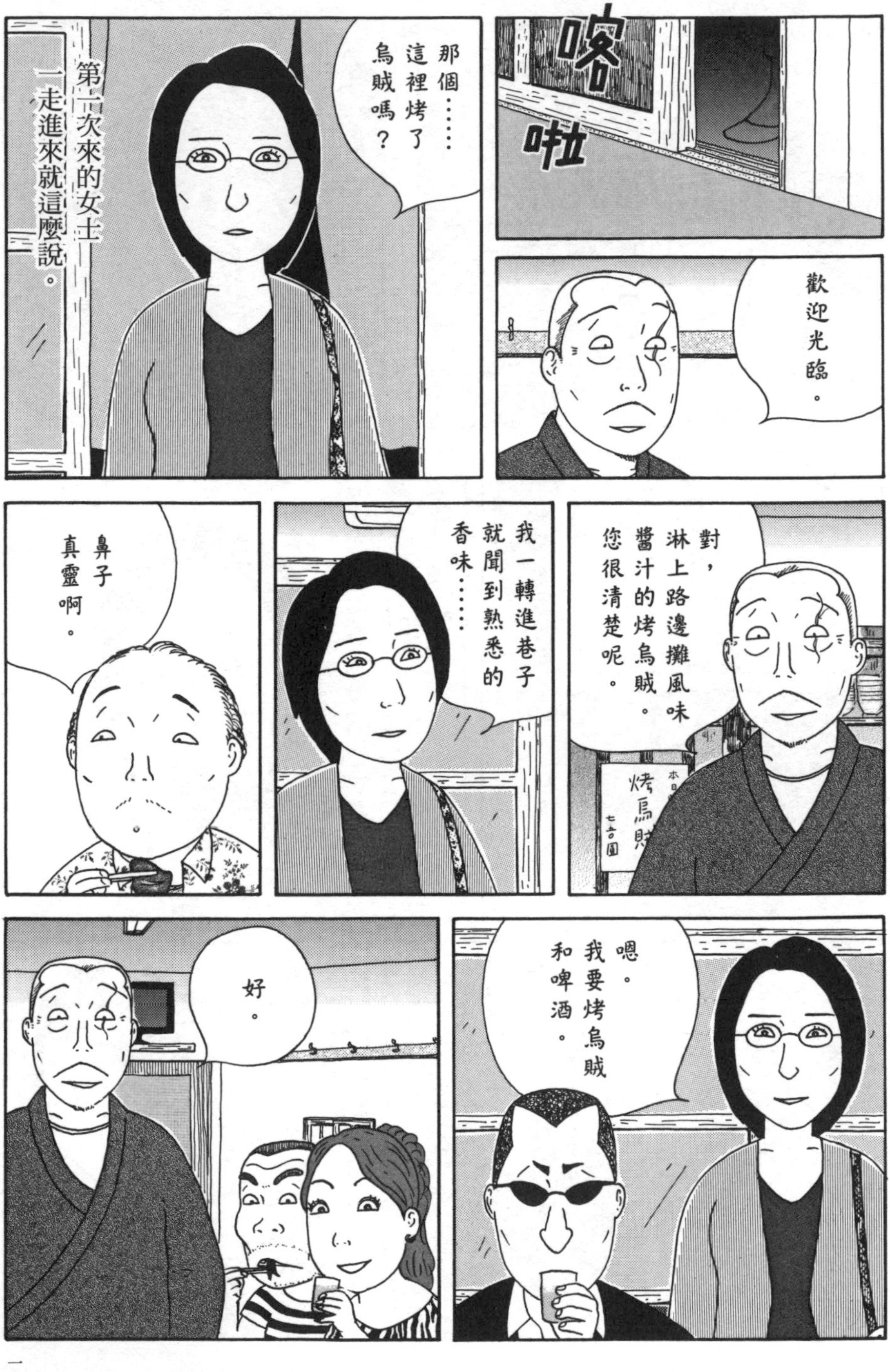
喀
啦
歡迎光臨。
那個……這裡烤了烏賊嗎？
第一次來的女士一走進來就這麼說。
對，淋上路邊攤風味醬汁的烤烏賊。您很清楚呢。
我一轉進巷子就聞到熟悉的香味……
鼻子真靈啊。
嗯。我要烤烏賊和啤酒。
好。

來，久等了。
哇，好像很好吃。
本日限定
烤烏賊
我開動了。
這位充滿知性又高雅的女士突然大口咬烤烏賊，大家都吃了一驚。
嗯～～！
我吃飽了。零錢就留著吧。
謝謝。路上小心。
晚安。

喀
砰
那個人是……
你說阿龍嗎？他是從開店時就在的常客。
我第一次看見阿龍吃紅香腸以外的東西呢。
真的很稀奇。
阿龍都只叫炒的紅香腸而已。
哦……
老闆，這個烤烏賊啊，不要只限定今天吧。我還想吃呢。
我也是。至少改成星期幾限定吧？

就這麼辦吧。限定星期幾好呢？
星期五！週末晚上。
贊成。
我也是。
我也贊成。
於是——
星期五限定
烤烏賊
七五〇圓
大家好。
這位女士叫佐知，是大學醫院的醫生。

那天一直下雨，以週五晚上來說十分安靜。這種日子，大家好像會懷念起過去。
那個人說，烤烏賊要大口咬最好吃。
那個人是誰？
我生平第一個喜歡的人。
我上醫大的時候，去附近的居酒屋吃宵夜，常在那裡碰到一個男人。我們的年紀差不多，但是他沉默寡言，看起來有點嚇人。

那個時候我非常胖，又很怕生，所以沒跟他說過話。
有一天，我沒帶傘，從車站淋雨走著……
謝謝。
那個人默默地替我撐傘。在那之後——
在居酒屋碰到就慢慢開始會聊幾句了……不知不覺就變得非常喜歡那個人。
哦，然後呢？

我心裡很難受，不知如何是好，就跟他告白了。我知道反正都會被甩的。
那個人說他也喜歡我，但是不能跟我交往，因為我們生活的世界不一樣……
那個人是做什麼的？
?!
那個人在居酒屋也總是吃紅香腸。
擺路邊攤的，賣烤烏賊。
咚、咚、
め

後來他突然不再去居酒屋了……我去他擺攤的地方吃過一次，再去的時候已經換成別人在做。
聽說他不幹了。後來就沒再見過。
上次在這裡碰到阿龍，是隔了多少年啊？
十……八年吧，嚇了我一跳。
我後天要去中東的難民營工作了，大概要兩年才能回來……
すいか
離開之前還想再見一次面啊，劍崎先生……
MEIWAKU

第270夜◎炸牛肉

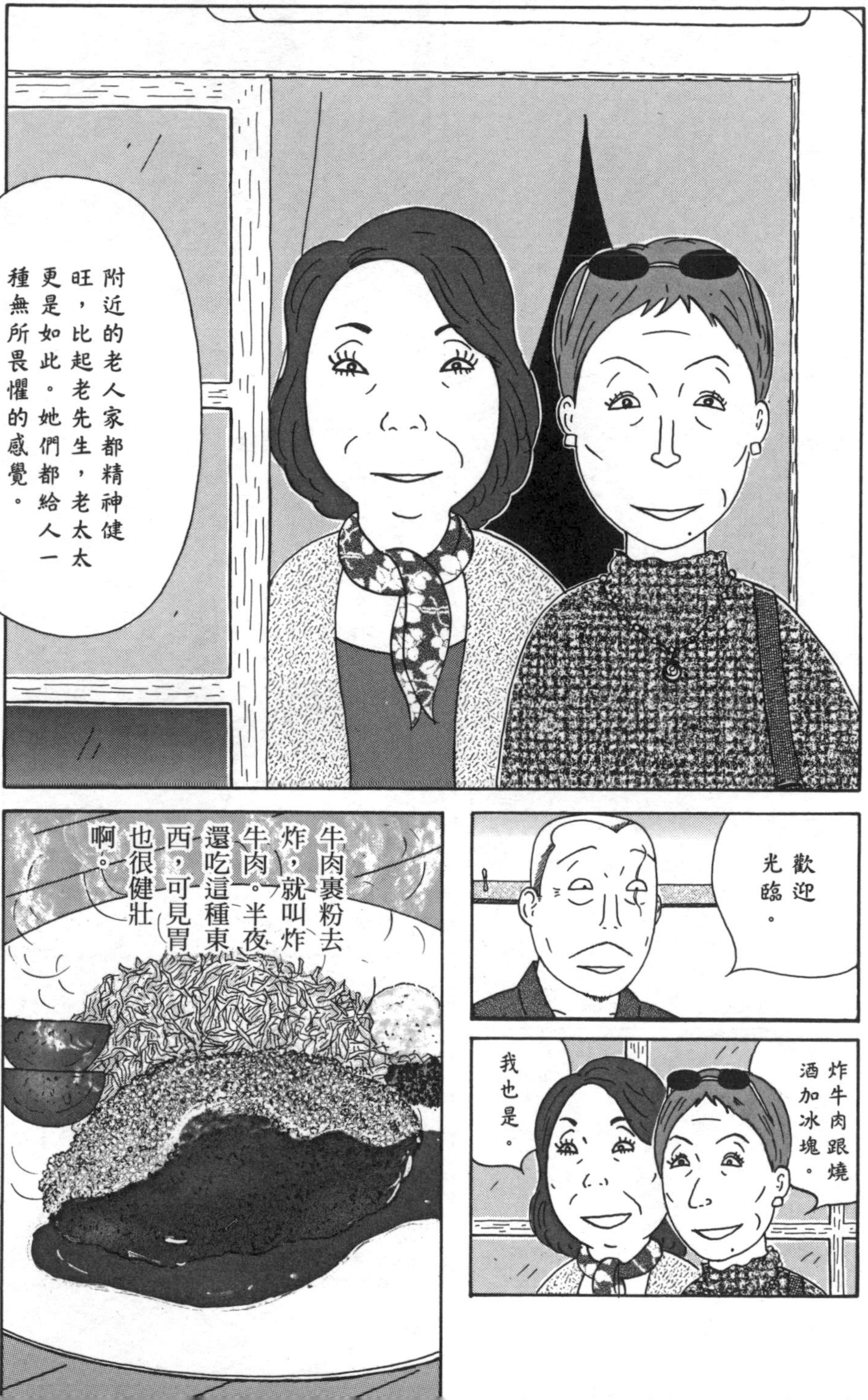
附近的老人家都精神健旺，比起老先生，老太太更是如此。她們都給人一種無所畏懼的感覺。
歡迎光臨。
炸牛肉跟燒酒加冰塊。
我也是。
牛肉裹粉去炸，就叫炸牛肉。半夜還吃這種東西，可見胃也很健壯啊。

我開動了。
葉子婆婆是作家，
花壽美婆婆是歌手。兩人從以前就是一起喝酒的朋友。
光看就覺得火燒心了。
就是啊，最近我也少吃肉了，都吃魚……
說什麼啊，都還這麼年輕。
就是啊，年紀大了要多吃肉比較好喔。

原來保持年輕的秘訣就是炸牛肉啊。
不光是炸牛肉，還有牛排、涮涮鍋、烤肉……
這麼說來，最近都沒吃烤肉呢。
對，蔥鹽五花肉。
就是！
……
兩人離開後——
那兩位到底多大歲數啊？
她們同年，七十四歲吧。
看起來很年輕呢。看那樣可以活到一百歲吧。

五日後——
めし
小壽壽桑吃炸牛肉，真稀奇呢。
昨天葉子跟花壽美渾身烤肉味到店裡來，說要長壽就得吃肉，所以……
所以才吃炸牛肉啊……那兩人還真喜歡肉啊。
那兩人的口號就是永不退休啊。女人真的太可怕了！
對，工作跟戀愛都是。葉子一直都有男人，至於花壽美啊，已經結婚離婚四次啦。
永不退休啊……

喀
啦
月底的時候——
嗯～那兩人確實一直非常活躍啊。
守夜回來了嗎？
給我鹽。
嗯，以前的男人……
那天兩人也叫了炸牛肉。
年輕的時候是個好男人呢。
嗯，體貼入微，風流倜儻，又有錢……

去年在夏威夷碰到他，嚇了我一跳。心想是哪來的老頭啊。
真不想看見前男友衰老的樣子啊。
喏，妳的男朋友身體好嗎？
好得很。他現在回德國去了。
德國？
葉子的男朋友是德國人。他們兩個超級恩愛的。嘻嘻。
哦。
什麼啦，討厭。花壽美妳呢？
我？

已經追了三年啦。還沒追到手呢。
啊?!妳還真有耐性。以前不管三七二十一就壓倒人家的說。
那種事已經夠了。我年紀不小了，現在只想悠閒地慢慢享受。
對方是?
比我小八歲的樂手。是我交往過最窮的對象，但那種事我不在意……
妳變了啊……但是呢，該做的事不早點做，就要變成老太婆啦。
……
人是不知道什麼時候會死的。

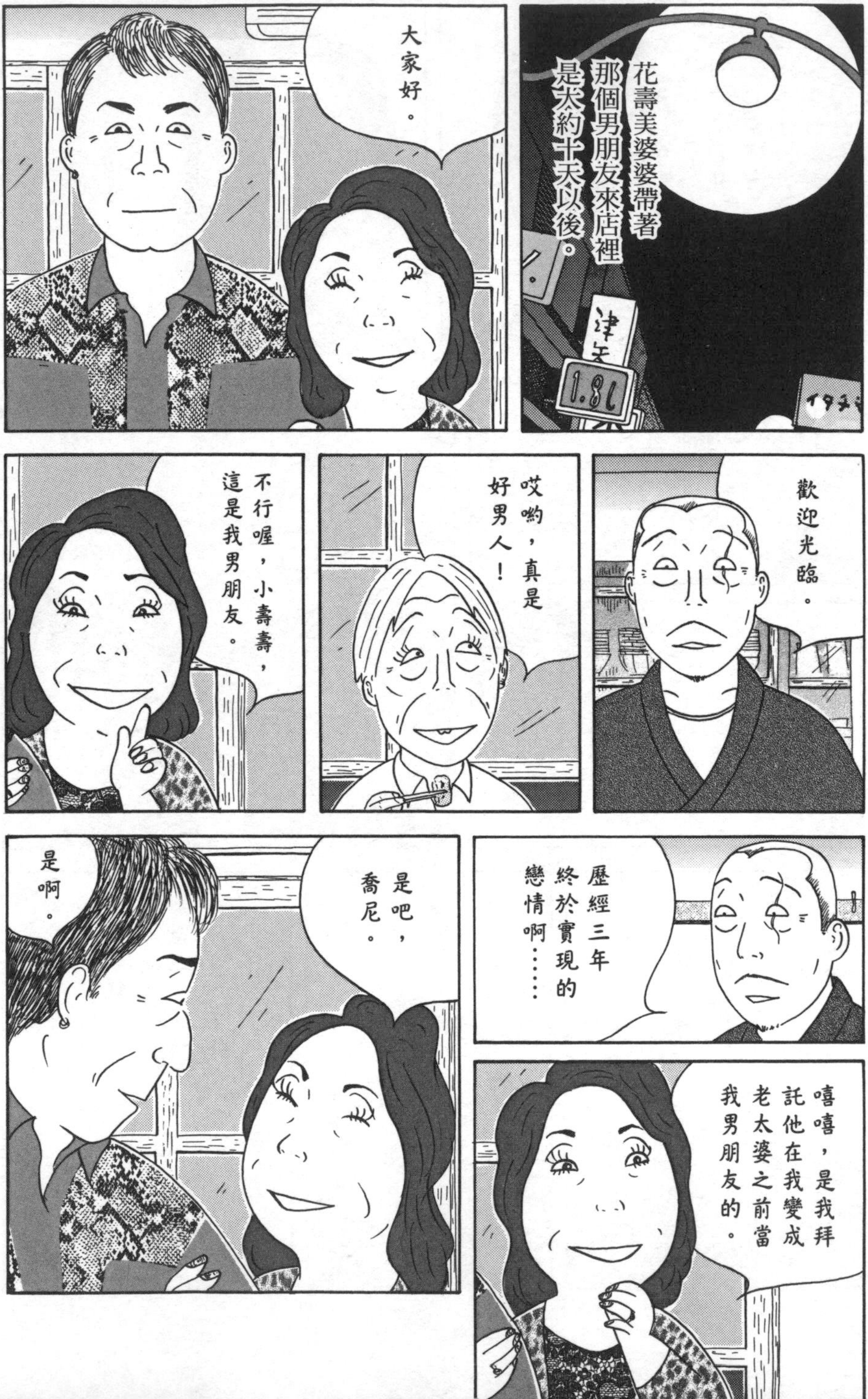
花壽美婆婆帶著
那個男朋友來店裡
是大約十天以後。
大家好。
歡迎光臨。
哎喲，真是好男人！
不行喔，小壽壽，這是我男朋友。
歷經三年終於實現的戀情啊……
是吧，喬尼。
是啊。
嘻嘻，是我拜託他在我變成老太婆之前當我男朋友的。

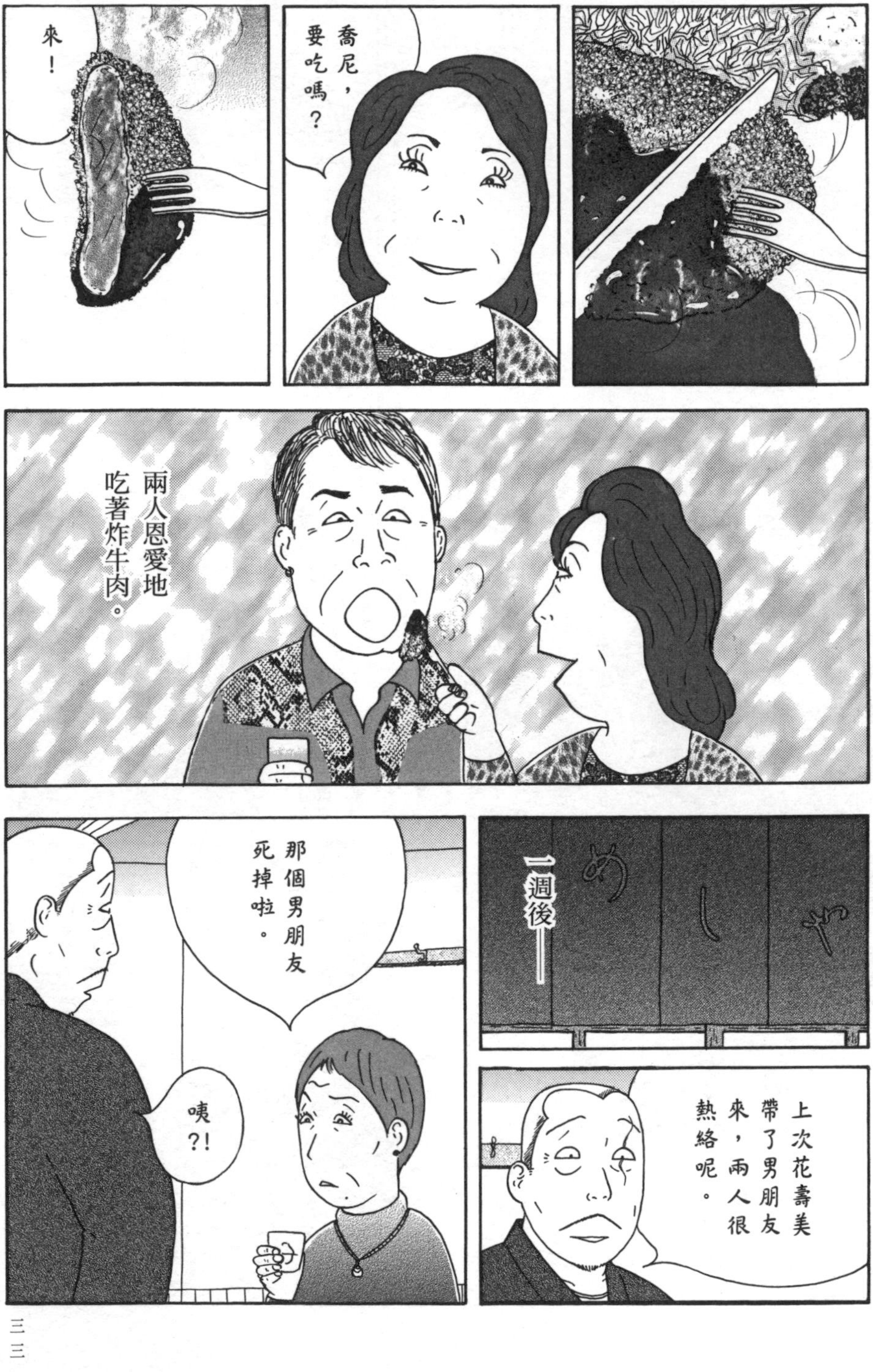
喬尼，要吃嗎？
來！
兩人恩愛地吃著炸牛肉。
一週後
めしや
上次花壽美帶了男朋友來，兩人很熱絡呢。
那個男朋友死掉啦。
咦?!

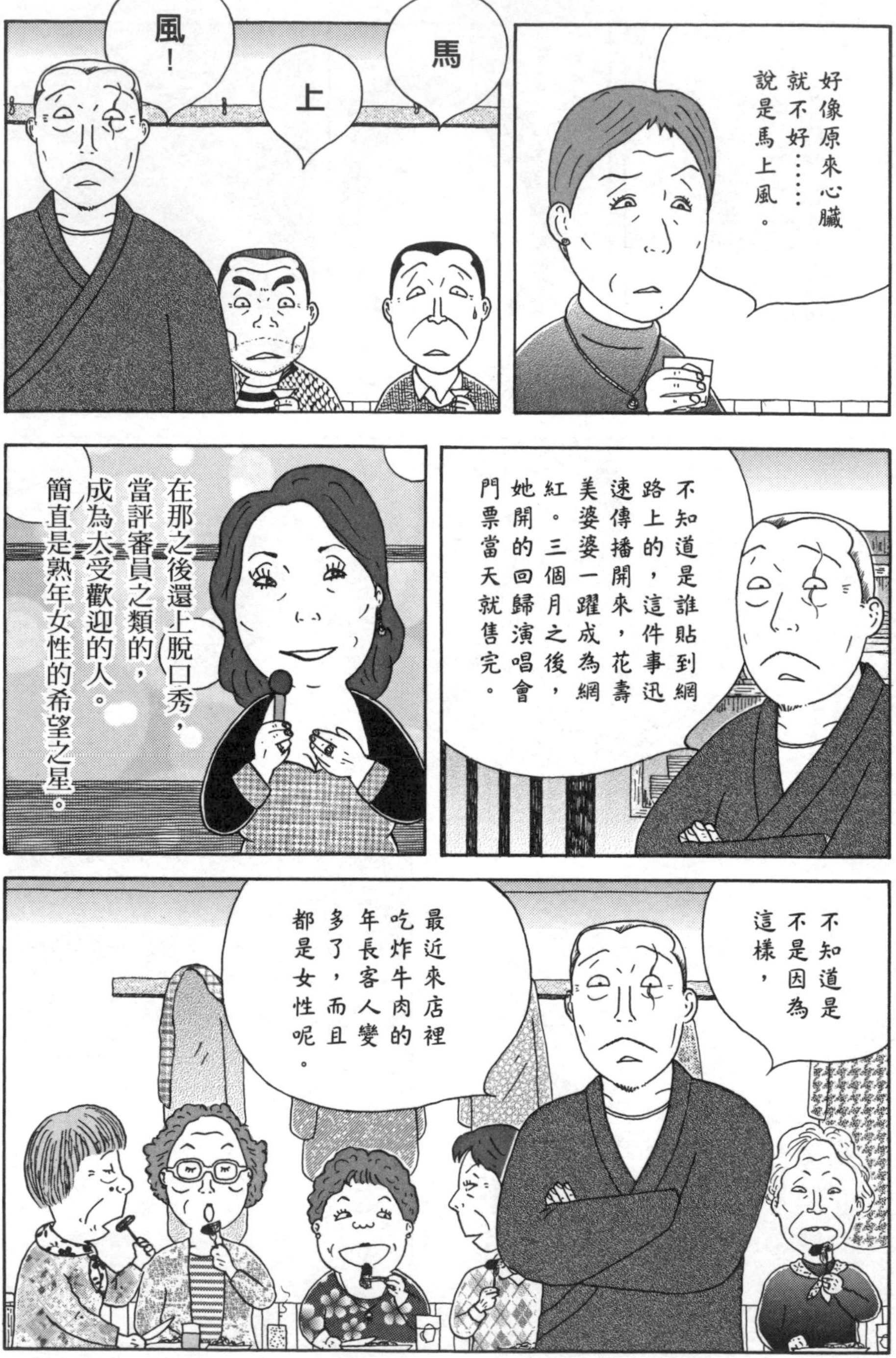
好像原來心臟就不好……說是馬上風。
馬
上
風！
不知道是誰貼到網路上的，這件事迅速傳播開來，花壽美婆婆一躍成為網紅。三個月之後，她開的回歸演唱會門票當天就售完。
在那之後還上脫口秀，當評審員之類的，成為大受歡迎的人。簡直是熟年女性的希望之星。
不知道是不是因為這樣，
最近來店裡吃炸牛肉的年長客人變多了，而且都是女性呢。

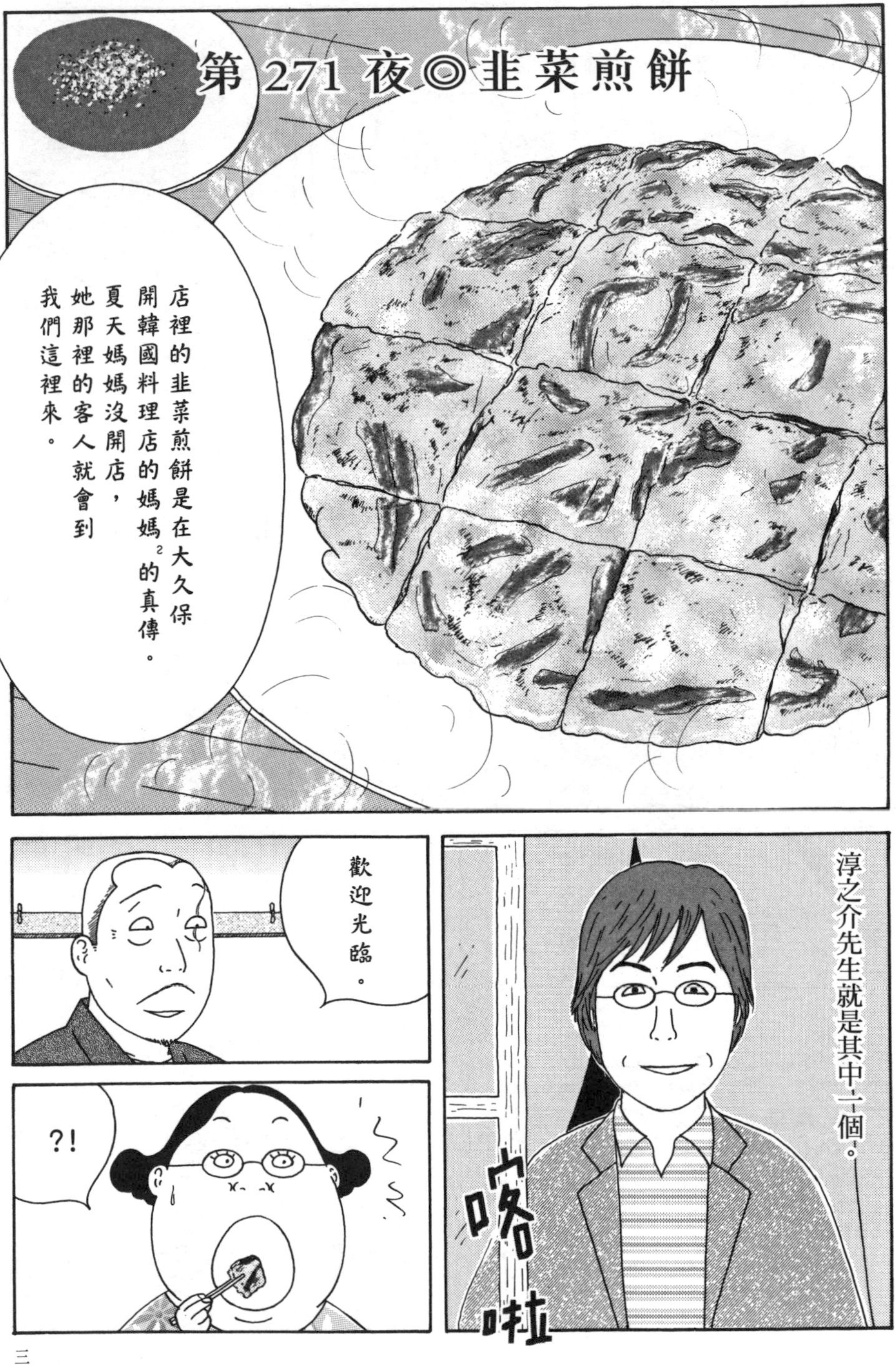

第271夜◎韭菜煎餅
店裡的韭菜煎餅是在大久保開韓國料理店的媽媽[2]的真傳。夏天媽媽沒開店，她那裡的客人就會到我們這裡來。
淳之介先生就是其中一個。
喀啦
歡迎光臨。
?!

2 韓文中會親暱地稱呼店家女主人為「媽媽」（eomeoni）。

韭菜煎餅，燒酒加冰塊。
好。
哎喲，好像裴勇浚。雖然現在已經過氣了。
換了髮型，再戴上眼鏡就有點像了。但朋友都說我不是像裴勇浚，是沒有勁啦。
啊哈，沒有勁啊。但《冬季戀歌》那時真是紅得要命啊。
那時我還是個不去學校、成天蹲在家裡的高中生，所以一點關係也沒有。
太可惜了。但是你現在很受歡迎吧？
也沒有。偶爾會有人偷瞄我，但只有歐巴桑會跟我搭訕。

喜歡看《冬季戀歌》的，都是中高年齡層的人。
韭菜煎餅，久等了。
我開動了。
淳之介很喜歡韭菜煎餅呢。
是啊，比起有很多料的煎餅，我比較喜歡這種。懷念的口味。
小時候我阿嬤常做給我吃。
唔，這樣啊。

歡迎光臨。
喀啦
我吃飽了。
我跟這位小姐提起這裡的韭菜煎餅，她非常想吃。
真是多謝了……
……
井原先生是食品公司的小開。一直都是個單身漢，最近跟比他小二十歲的女性訂了婚，帶著未婚妻到處展示。看見那位小姐的面孔，淳之介突然站了起來……
是芳美小姐吧?!以前在伊勢崎的!!

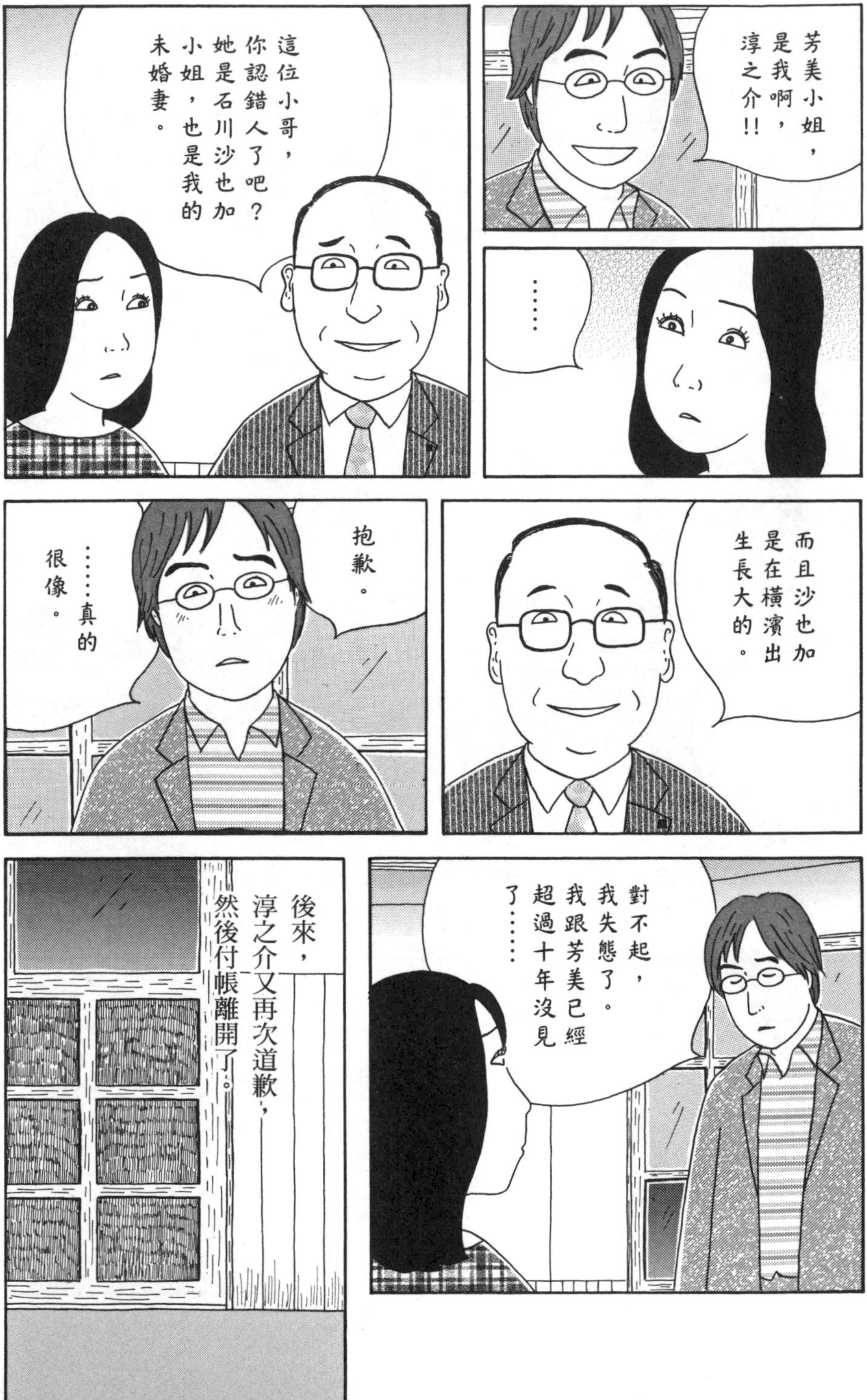
芳美小姐，是我啊，淳之介!!
這位小哥，你認錯人了吧？她是石川沙也加小姐，也是我的未婚妻。
……
而且沙也加是在橫濱出生長大的。
抱歉。
……真的很像。
對不起，我失態了。我跟芳美已經超過十年沒見了……
後來，淳之介又再次道歉，然後付帳離開了。

他很像裴勇浚啊。
……
有點像在看日語配音的韓劇。
……
那天井原先生跟未婚妻沙也加小姐親熱地吃了韭菜煎餅。好像很合沙也加小姐的口味，第二天，沙也加小姐一個人來了。
喀啦
歡迎光臨。
我開動了。
小時候去淳之介家玩，阿嬤常會做韭菜煎餅給我們吃。

咦?!
離開橫濱，我媽媽再婚之後，名字也改了……
那淳之介說的女生，
就是妳囉?!
對。這件事我還沒跟井原先生說……如果淳之介有來的話，能把這個交給他嗎？
她離開後……
淳之介 啟
怎麼好像韓劇的劇情啊。真令人期待!!
……

兩週後——
めし
這是沙也加小姐給你的。上次碰到後隔天她來過。
?!
果然是芳美啊。
我跟芳美是青梅竹馬，上中學後就開始交往了。我們互相喜歡。
韓劇的話，這裡就會切換回憶場景了!!
但是，中學三年級時，芳美爸爸的公司倒閉了……
在那之後，芳美的爸爸病倒去世。芳美跟她媽媽就像徹夜逃走似地離開了伊勢崎(群馬縣)。芳美只寄過一封信回來。

第二天，他打了紙條上的手機號碼，約好星期六碰面。
但那天過了約定的時間，她還是沒有出現。
めしや
當天晚上——
大約一小時後，她打電話來了。她的未婚夫井原先生緊急住院，所以來不了。
咦?!
一輛車突然失控，井原先生為了保護她，受了重傷。
受傷是很可憐啦……但真是老套的情節啊。再來會不會失憶呢……
終於變得跟韓劇一樣了。不知道接下來會怎樣發展啊。

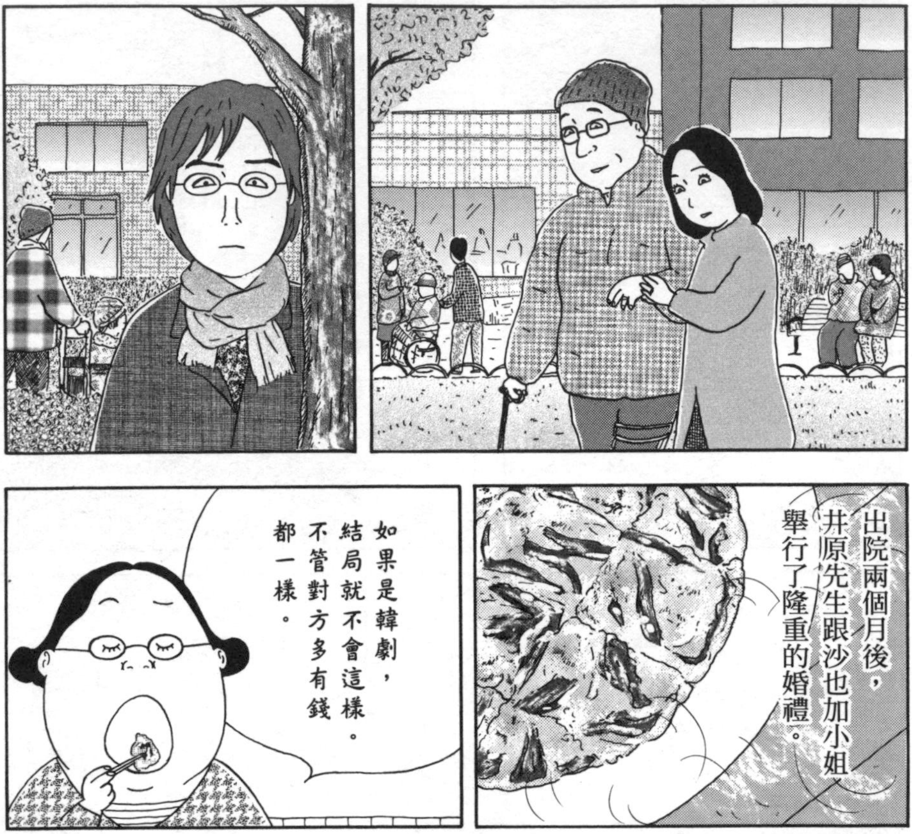
出院兩個月後，井原先生跟沙也加小姐舉行了隆重的婚禮。
如果是韓劇，結局就不會這樣。不管對方多有錢都一樣。
這就是現實啊。對了，淳之介呢？
他辭掉設計事務所的工作要去紐約，但扭到腰，現在在家休養。
什麼啊？失戀的男人非得去紐約不可啊!!
現實不會跟演戲一樣啦。

第 272 夜◎味噌內臟肉炒甘藍

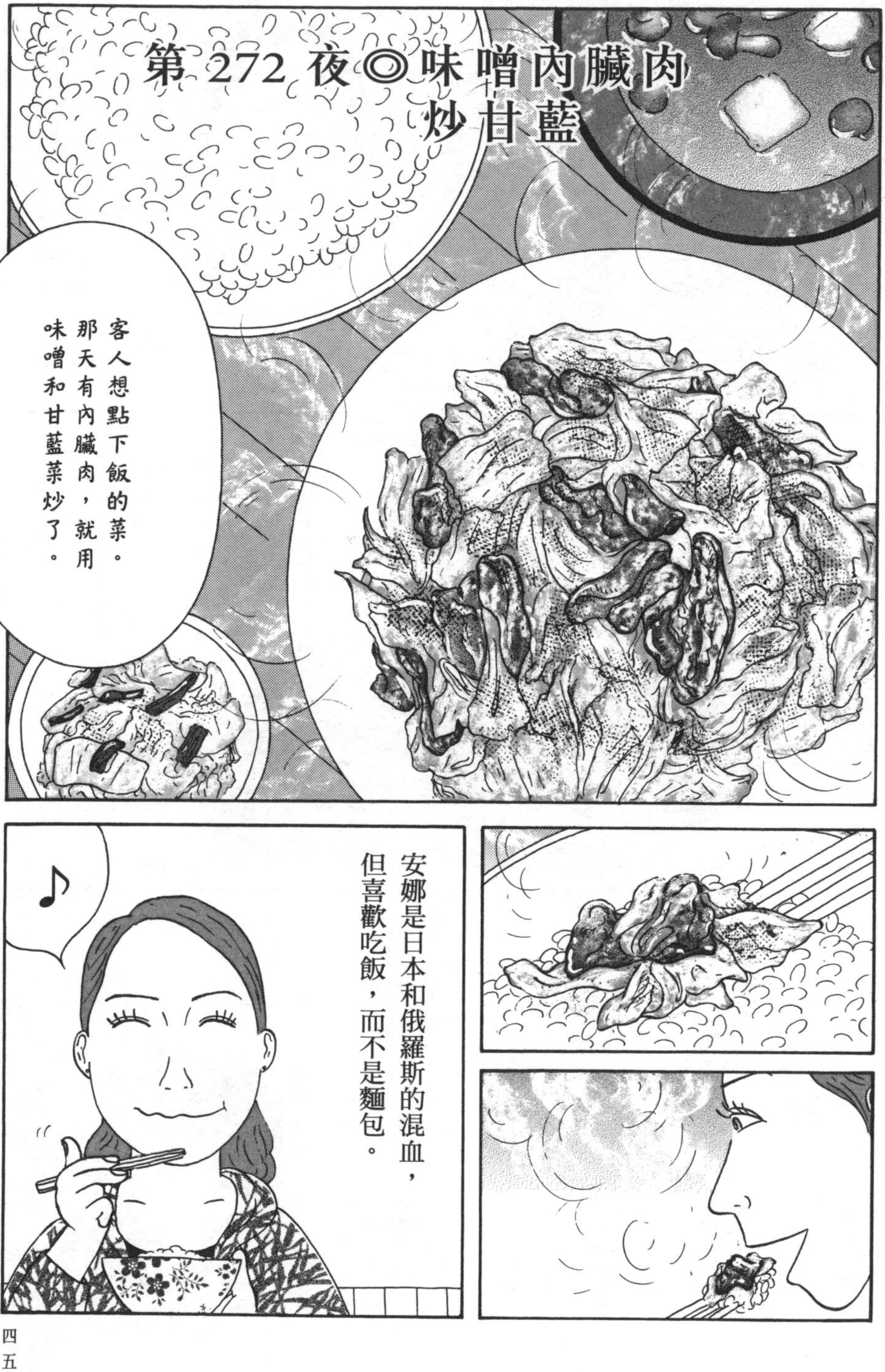
客人想點下飯的菜。那天有內臟肉，就用味噌和甘藍菜炒了。
安娜是日本和俄羅斯的混血，但喜歡吃飯，而不是麵包。
♪

有這個就可以吃好幾碗飯呢。
一郎要不要吃？
不要。
安娜的母親跟一郎的母親是姊妹，他們是姨表兄妹，在中野一起租屋。
唉。
怎麼啦？一直嘆氣。
一郎的男朋友又劈腿了。
嗚……

同志不會懷孕，所以好像常會劈腿呢。
對了，一郎！回去的時候順道買麵包，明天幫我做三明治好嗎？
咦，又要做?!
哦，是這樣嗎……
老闆你聽我說，安娜拿我做的三明治給她男朋友吃，就像是她自己做的一樣。
有什麼關係，他也吃得很高興。不用特別解釋是我表哥做的啊。
下次介紹給你認識。我覺得他會是一郎喜歡的類型。
他又不是同志對吧?!
老闆，再來一碗飯！
安娜好像喜歡上味噌內臟肉炒甘藍了。

兩週後——
めし
燒酒兌水，久等了。平靜下來了嗎？
嗯，還好。
安娜說今天要把她男朋友介紹給我認識。
有人預約了內臟肉。她會來嗎？
喀啦
大家好。
?!
歡迎光臨。
我要味噌內臟肉炒甘藍。
?!

這個跟啤酒很搭呢！
啊……你是安娜的同事啊。
對，我叫做亞歷克斯。
安娜今天本來也要一起來的……
安娜，妳現在人在哪啊？
對不起，突然有事不能去。亞歷克斯到了嗎？

嗯，現在在吃味噌內臟肉炒甘藍……
他是個宅男，在公司也沒有朋友，你對他好一點吧。他是一郎喜歡的類型吧？雖然不是同志。
安娜！
拜託啦，今晚我不會回去。
安娜，等一下啊……
……
?!

我來介紹，這是安娜的表哥一郎。
喔～～～你就是一郎先生啊!!
我常常聽安娜提起你。我是亞歷克斯，叫我亞歷就好。
初次、初次見面，我是一郎。
後來讓他看了一郎COS的照片。
哇啊～～
亞歷克斯非常開心。
兩人很嗨地去K歌，到處玩耍。

五天後——
めしや
一郎他們上次非常開心啊。
嗯，完全看不出是第一次見面。俄羅斯也有宅男啊。
亞歷說那是他來日本之後，最開心的晚上。
一郎呢？
好像迷上他了。今天也做了三明治，要我拿給亞歷。

一盒幫我拿給亞歷好嗎？
好啊，我會說這是一郎的心意。
別這樣。我不想讓他誤會，我只要默默喜歡他就好。
他這麼說。真是男人心海底針啊……
唔，對了，安娜在跟亞歷克斯交往嗎？
他是備胎，我有真命天子啊。
在那之後，他們三人常一起喝酒玩耍。

過了一陣子，
安娜跟她的真命天子奉子成婚，搬出去後，亞歷克斯就順理成章地搬進來。
春天時，亞歷克斯跟一郎去賞花，吃了他做的三明治，好像全明白了。
一直是一郎你做的啊……謝謝。
沒什麼……
這是秋天開始時，安娜挺著大肚子來點味噌內臟肉炒甘藍的時候告訴我的。
我開動了。
這個真的跟白飯很搭呢！

第273夜◎
明太子玉子燒
我說福岡的朋友送了我很多明太子，高村就說：「那就做明太子玉子燒吧。」
於是——
我開動了。

……
怎麼啦？突然這樣。
吃到這個就想起分手的老婆……
還不是因為你外遇嗎?!
是沒錯……她是福岡人，常常做這個給我吃。
後悔分手了嗎？
……那是沒辦法的事。

你前妻現在怎麼樣了？
她說要回福岡……
喀啦
這就是高村外遇的對象。別看她這個樣子，她是日本人，叫做真理佳……
歡迎光臨。
這是什麼？
明太子玉子燒。
哇，熱量好像很高！但我還是要吃。
嗯！
她好像也很喜歡，把剩下的都吃了，還追加了一份，幾乎全部自己吃光。

兩人離開後——
那孩子是怎樣啊?!
好像是雜誌模特兒。完全不做家事。
後悔莫及啊。
半個月後——
老闆,這是伴手禮,明太子。
謝謝。
你去福岡了嗎?
去找前妻了嗎?
唉。

高村好像趁出差之便，去見了前妻。
我不好意思去她娘家……結婚前去她家見父母回來的路上，前妻帶我去過朋友開的小酒館，我就去了那裡，還被打了一巴掌，但她告訴我前妻的近況了。
離婚後她回福岡住了一陣子，又回到東京了。
你沒跟她本人聯絡嗎？
真理佳把前妻的聯絡方式全部刪除了，LINE也不通，大概換了電話號碼……
這麼說來，真理佳最近怎麼樣啦？
不久前我們大吵一架，分手了。

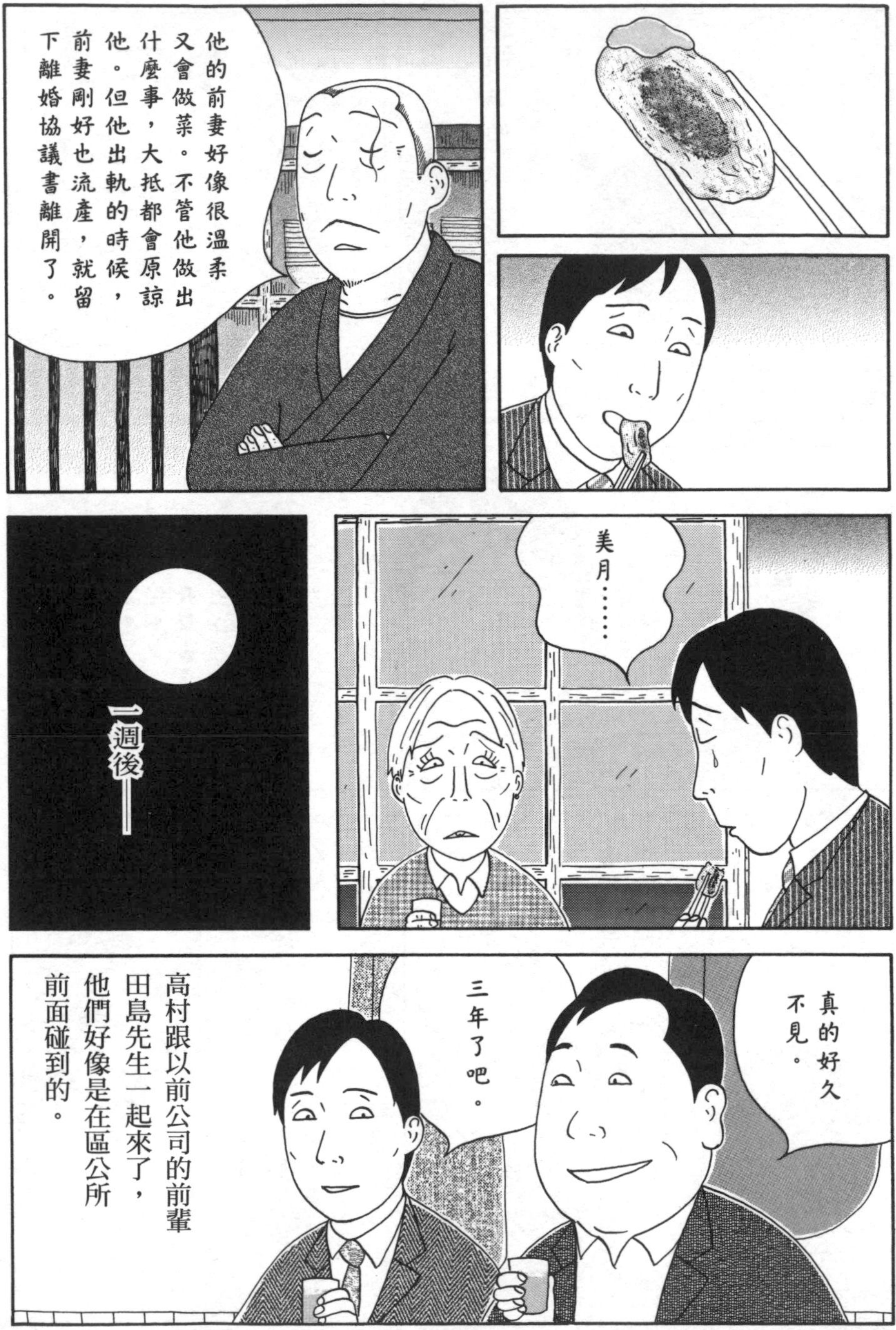
他的前妻好像很溫柔又會做菜。不管他做出什麼事，大抵都會原諒他。但他出軌的時候，前妻剛好也流產，就留下離婚協議書離開了。
美月……
一週後
真的好久不見。
三年了吧。
高村跟以前公司的前輩田島先生一起來了，他們好像是在區公所前面碰到的。

明太子玉子燒，久等了。
哇，好像很好吃。
呼呼。
不好意思，我要白飯。
好。
你太太過得好嗎？以前去你們家，吃她做的明太子玉子燒，我能吃三碗飯呢。
我跟美月分手了。
咦，什麼時候？
今年五月。

……那麼，我看到的果然是美月小姐啊。
咦?!
我在港未來附近餐廳的開放式廚房看見她在裡頭工作。
真的嗎?! 哪一家店?
呃，店名不記得……是夏天那時的事……
在那之後，高村問了田島先生很多問題，一面查詢店名。
十天後——
這樣啊。
找不到啊。也可能是田島先生看錯了……

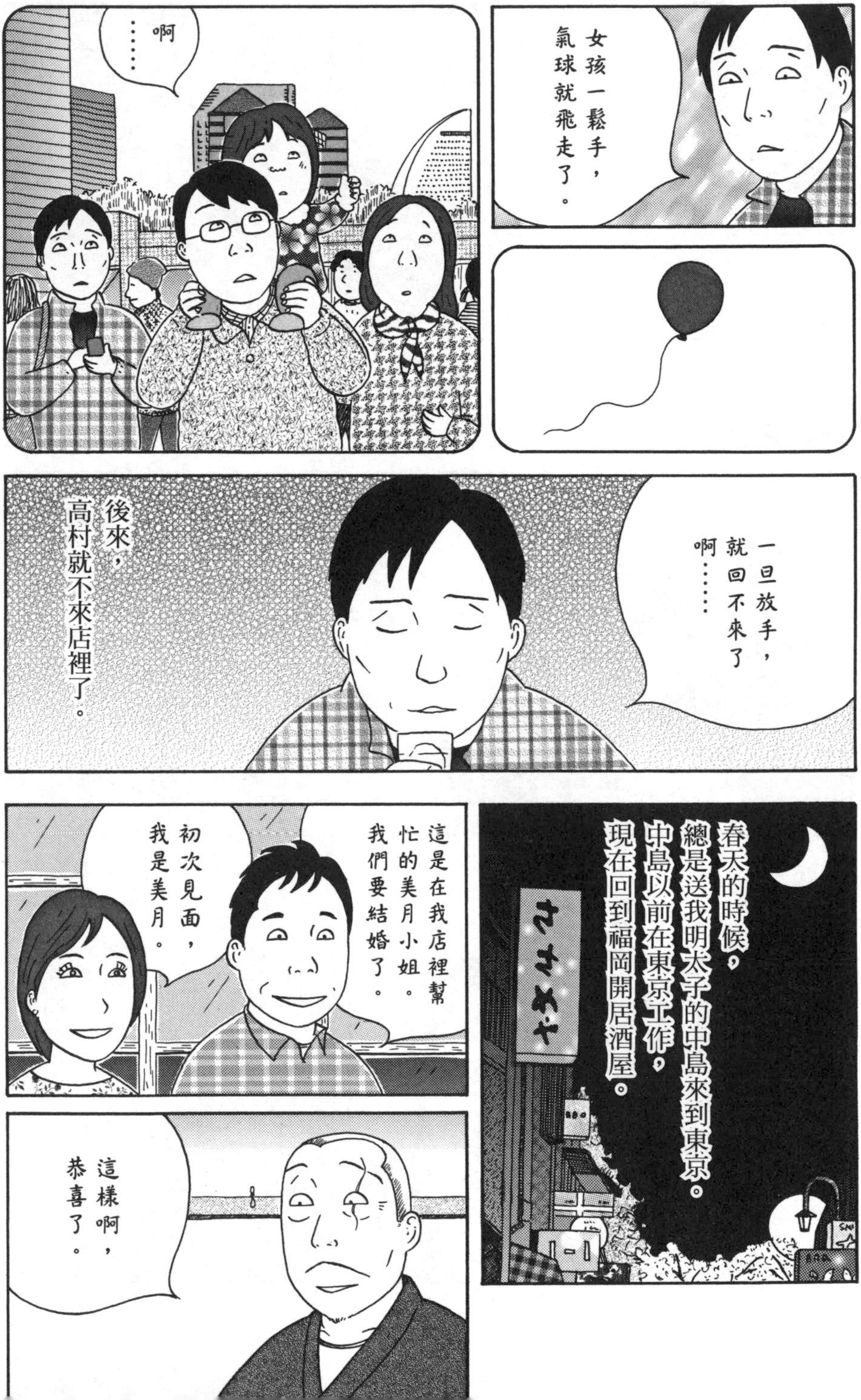
女孩一鬆手，氣球就飛走了。
啊……
一旦放手，就回不來了啊……
後來，高村就不來店裡了。
春天的時候，總是送我明太子的中島來到東京。中島以前在東京工作，現在回到福岡開居酒屋。
ささめや
這是在我店裡幫忙的美月小姐。我們要結婚了。
初次見面，我是美月。
這樣啊，恭喜了。

店裡有個客人吃到明太子玉子燒會哭呢。
說他分手的太太以前常做給他吃，好像還忘不了她。
……
真是傻啊。這樣的話，當初不要分手就好了啊。
就是啊。
在那之後不久，許久不見的高村先生帶著女伴來了。我跟高村說要做明太子玉子燒……
他現在不能吃啦，有痛風。
就是這樣……

第274夜◎魚漿餅
孩子長大獨立後，禮子小姐就離婚了，四十八歲出道成為AV女優。之後一年只拍一部片子，是熱賣的傳說熟女。她平常好像住在海外，偶爾回國時就會過來。
大家好。
喲，歡迎回來。
有魚漿餅的話烤一份給我。
好喔。

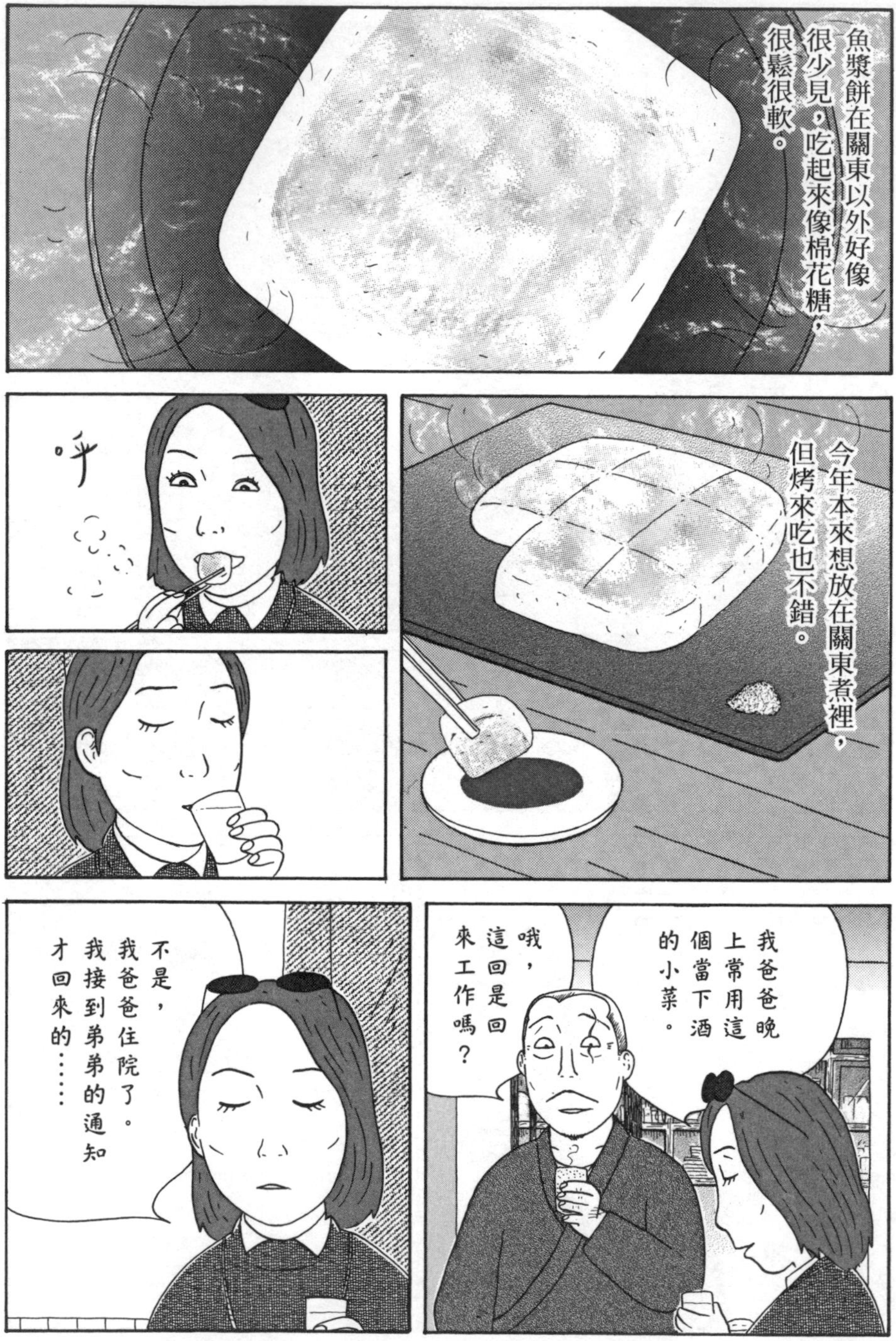
魚漿餅在關東以外好像很少見，吃起來像棉花糖，很鬆很軟。
今年本來想放在關東煮裡，但烤來吃也不錯。
呼
我爸爸晚上常用這個當下酒的小菜。
哦，這回是回來工作嗎？
不是，我爸爸住院了。我接到弟弟的通知才回來的……

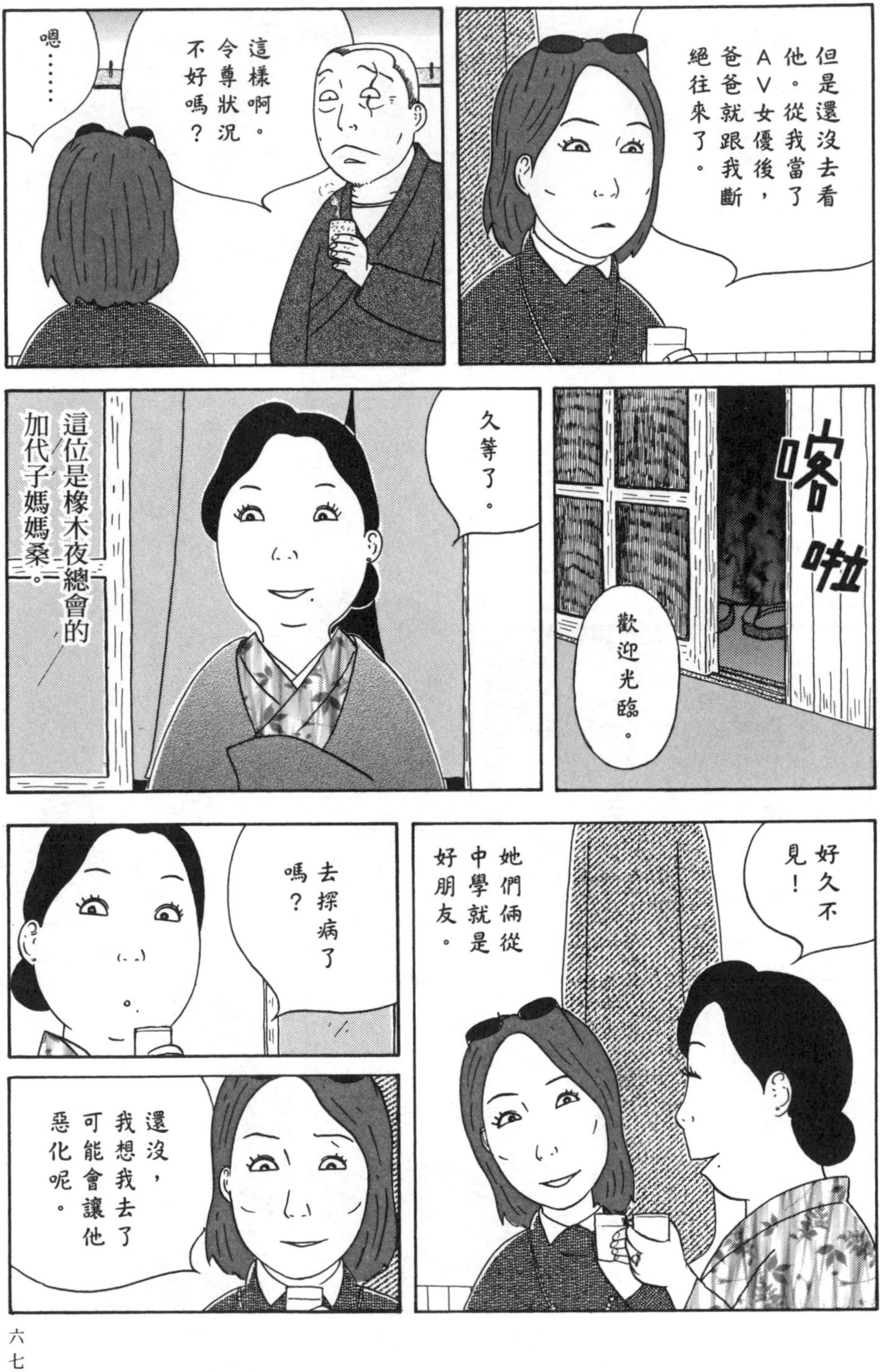
但是還沒去看他。從我當了AV女優後，爸爸就跟我斷絕往來了。
這樣啊。令尊狀況不好嗎？
嗯……
喀啦
歡迎光臨。
久等了。
這位是橡木夜總會的加代子媽媽桑。
好久不見！
她們倆從中學就是好朋友。
去探病了嗎？
還沒，我想我去了可能會讓他惡化呢。

商業區仙貝店的女兒當上點心公司的社長夫人，到這裡為止還好，但離婚後變成ＡＶ女優就不行啦。
婆婆、小姑、先生外遇，即使這樣還是守著家把孩子都撫養長大，我覺得妳真的很厲害了啦。現在想做什麼就做什麼吧。
多虧了加代子介紹的律師，分到了不少財產和贍養費。
就是就是！
妳還跟太郎見面嗎？
我們疏遠了。他結婚我送了紅包過去，被退回來了。
媽媽竟然去演色情片，他很受打擊吧。
……
男人都自我中心。自己分明愛看得要命。

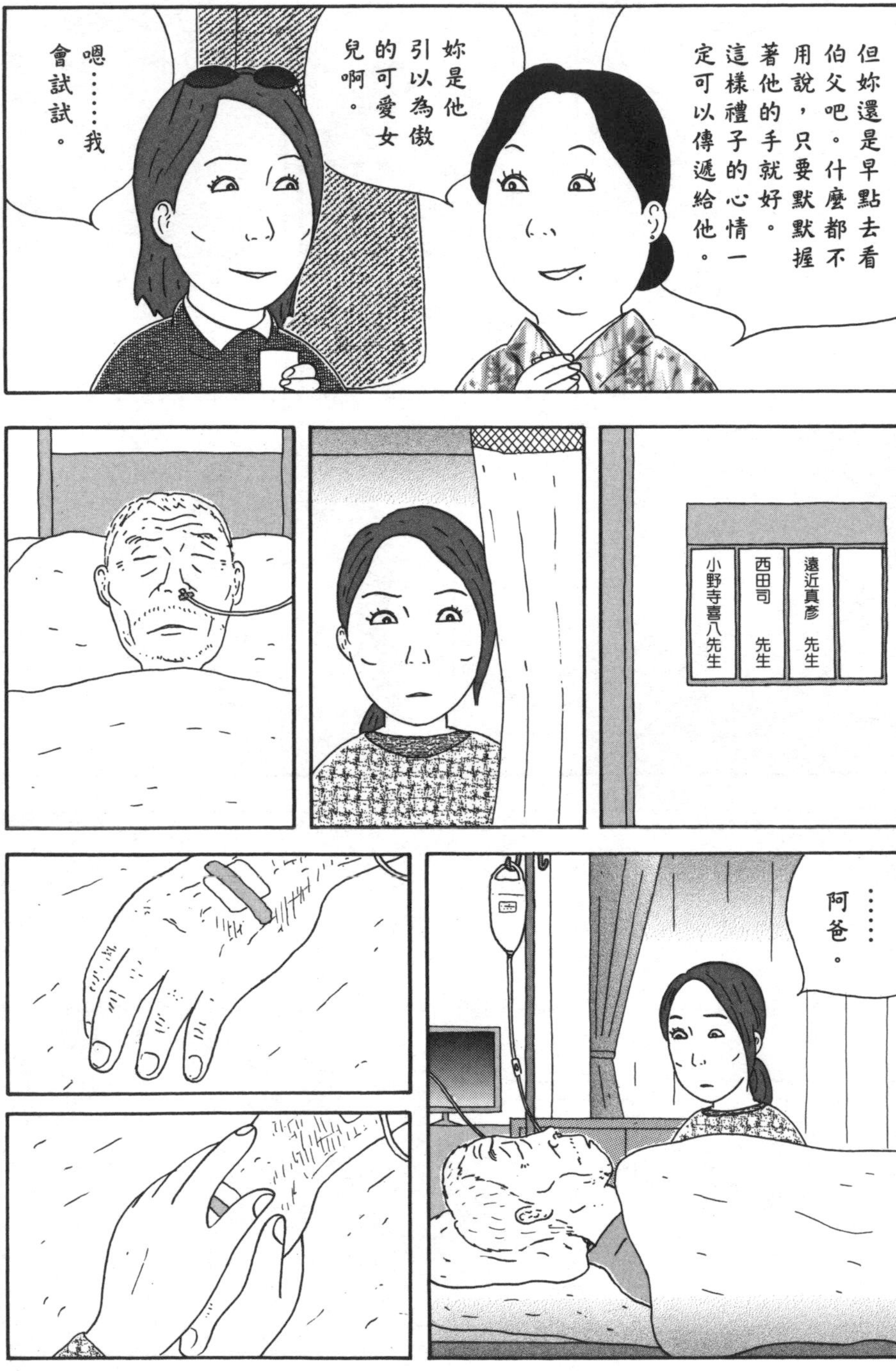
但妳還是早點去看伯父吧。什麼都不用說，只要默默握著他的手就好。這樣禮子的心情一定可以傳遞給他。
妳是他引以為傲的可愛女兒啊。
嗯……我會試試。
遠近真彥 先生
西田司 先生
小野寺喜八先生
……阿爸。

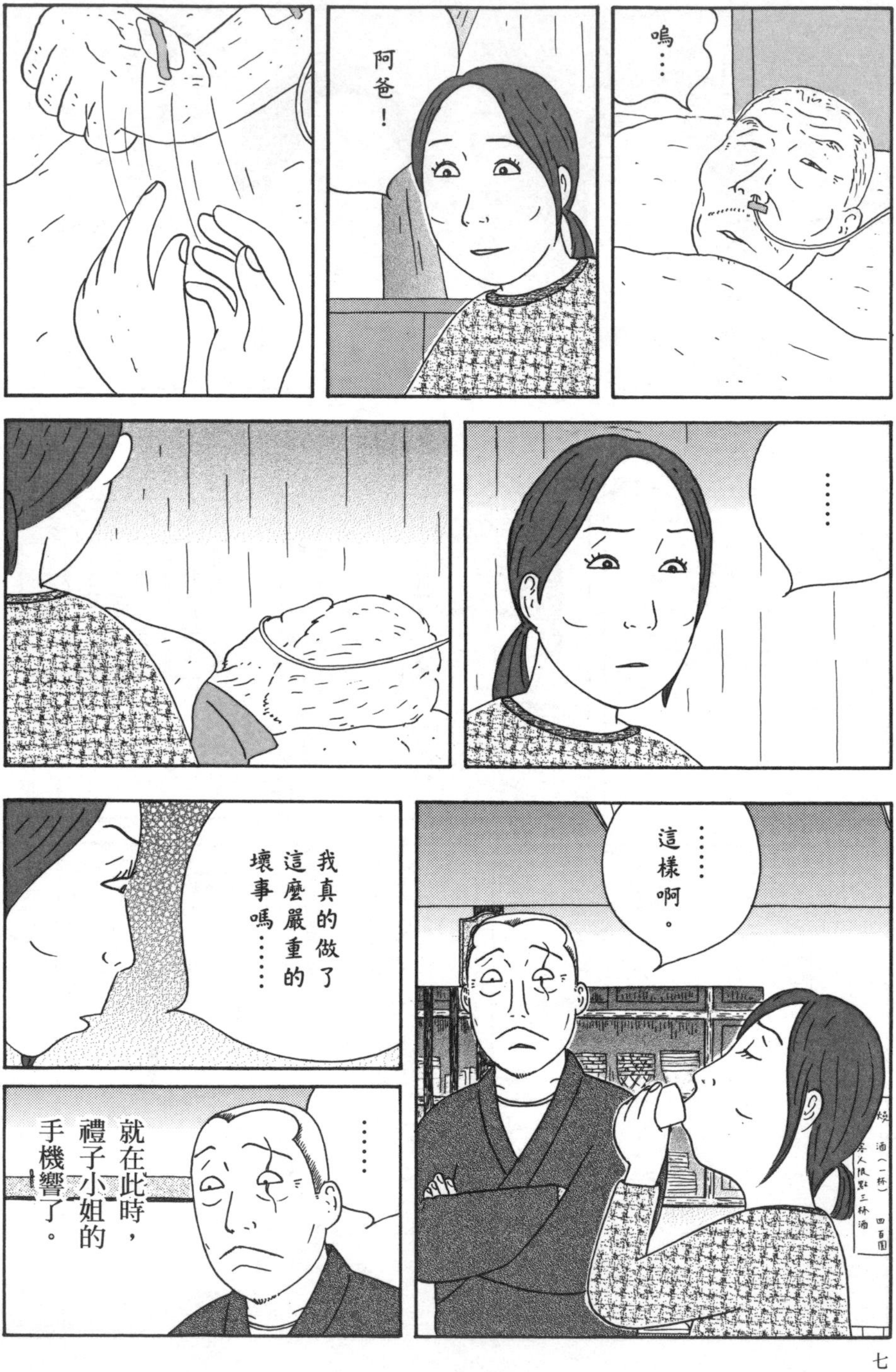
嗚……
阿爸！
……
……這樣啊。
我真的做了這麼嚴重的壞事嗎……
酒（一杯）四百圓
客人限點三杯酒
……
就在此時，禮子小姐的手機響了。

……美咲？啊，太郎的太太！
是她兒子太郎的妻子打來的電話，她聽說禮子回國，就來聯絡了。禮子跟她約好明天見面。
太郎沒有跟我說，但他好像常夢到媽媽。
?!
他會在夢裡叫「媽媽」，像小孩一樣。
啊……
美咲?!妳還好吧!!
哎呀……真的嗎?!

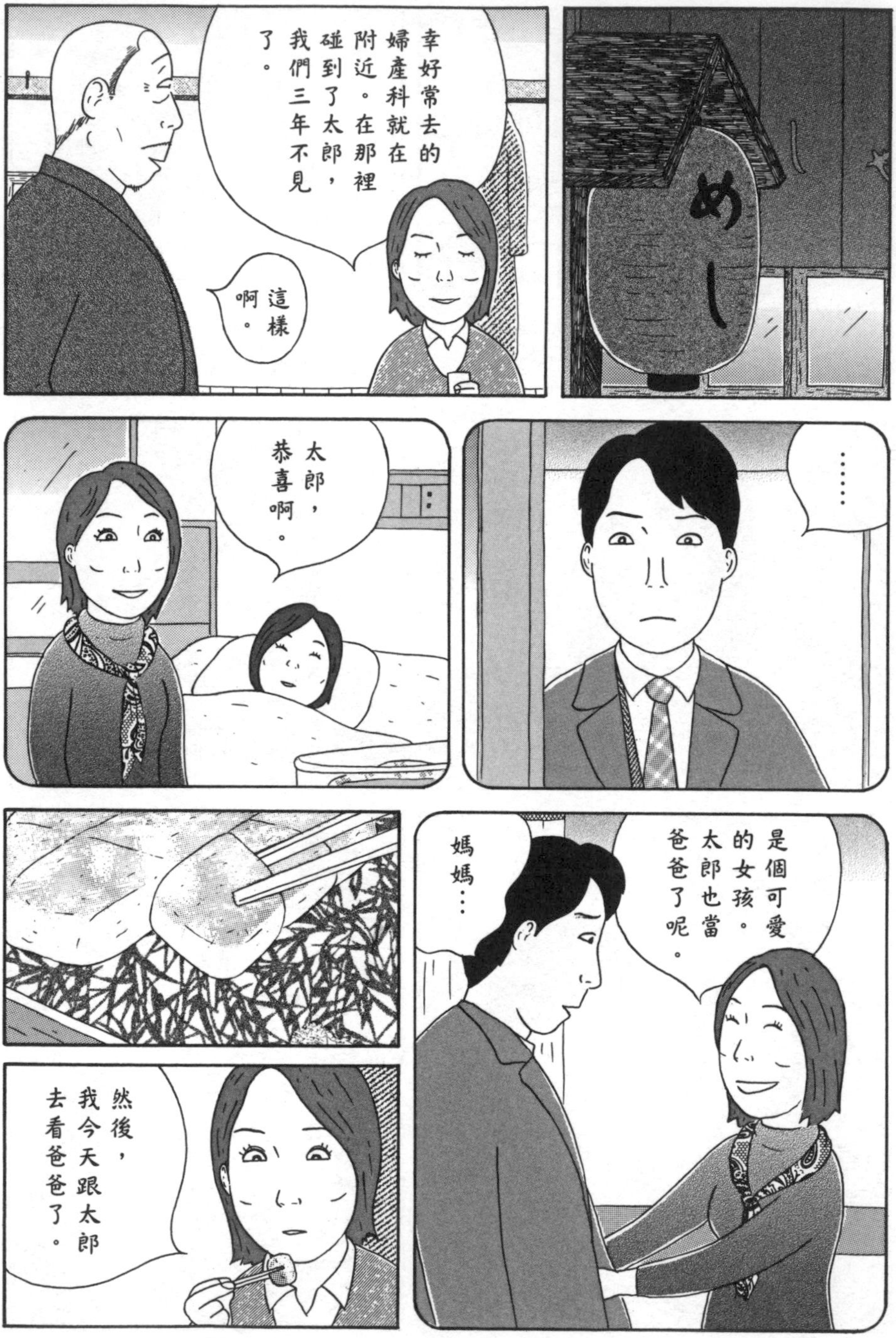
めし
幸好常去的婦產科就在附近。在那裡碰到了太郎，我們三年不見了。
這樣啊。
……
太郎，恭喜啊。
是個可愛的女孩。太郎也當爸爸了呢。
媽媽……
然後，我今天跟太郎去看爸爸了。

這樣啊，女孩子啊。
嗯。
我想取名叫美禮。
是阿爸的曾孫喔。媽媽要是還活著，一定會很開心的。
爸爸閉著眼睛，什麼也沒有說。我以為他睡著了，正打算離開……

上次的事，對不起啊……
阿爸。
然後我就大哭起來了。
孫女出生後，大家都和好了呢。
就是啊……非感謝太郎跟美咲不可。
一週後，禮子小姐的爸爸握著她的手靜靜地離開人世……

清晨7時

第275夜◎
香菇鮭魚錫箔燒

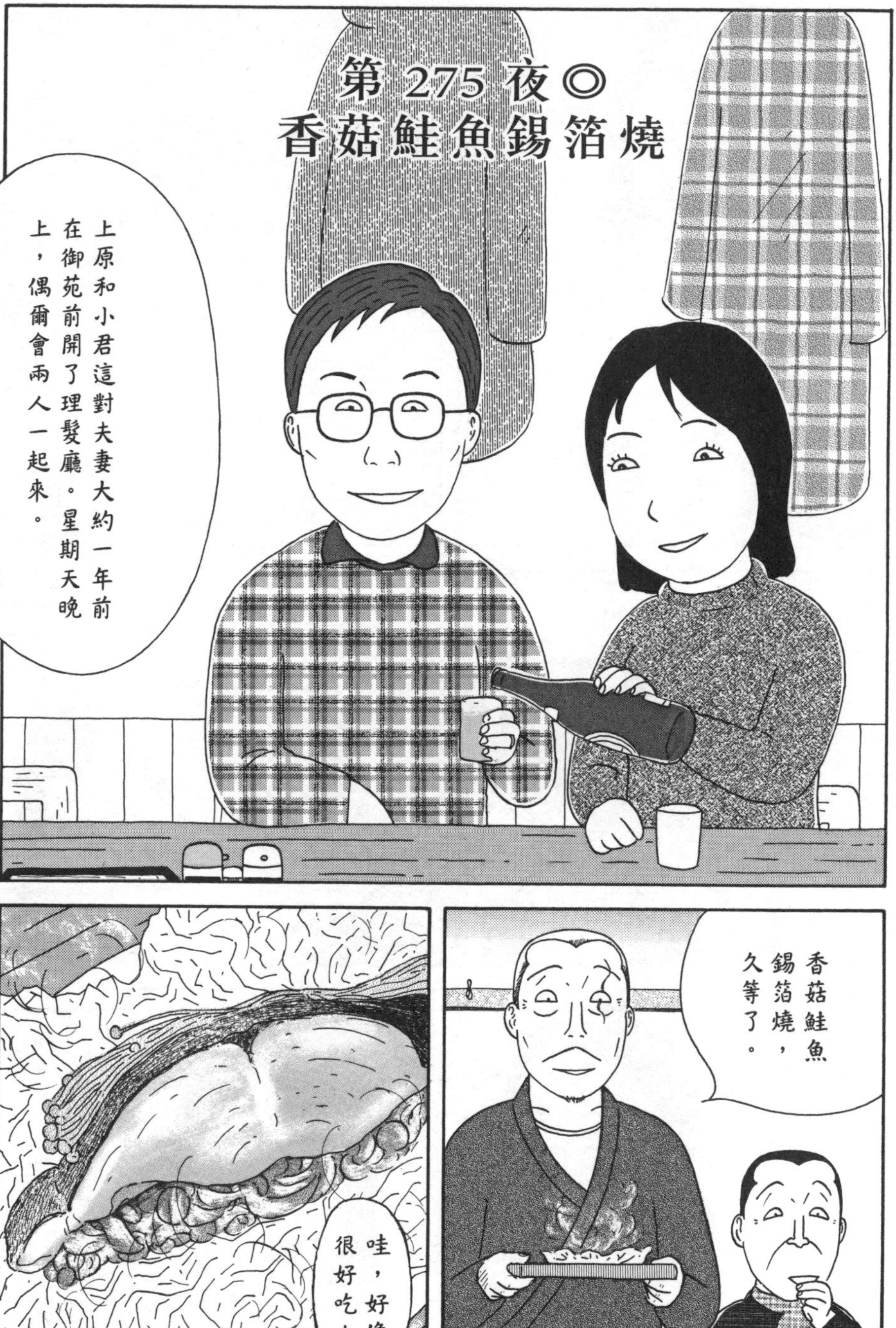
上原和小君這對夫妻大約一年前在御苑前開了理髮廳。星期天晚上，偶爾會兩人一起來。
香菇鮭魚錫箔燒，久等了。
哇，好像很好吃！

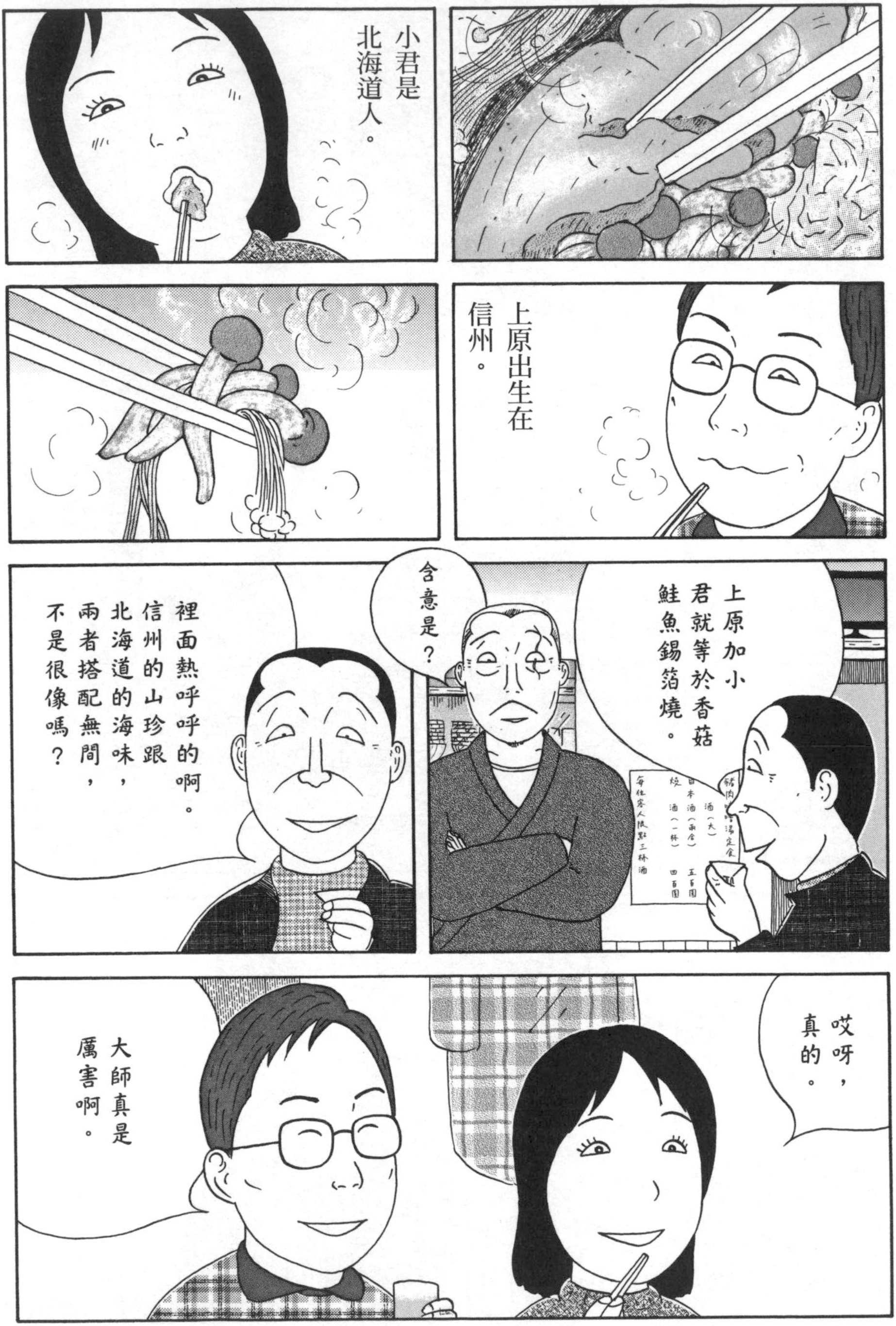
小君是北海道人。
上原出生在信州。
上原加小君就等於香菇鮭魚錫箔燒。
含意是？
裡面熱呼呼的啊。
信州的山珍跟北海道的海味，兩者搭配無間，不是很像嗎？
哎呀，真的。
大師真是厲害啊。

圓畫大師從當前座時就常去的理髮店師傅退休後，上原他們租了店面重新開張。圓畫大師就這樣成了上原的客人，夫妻倆也是圓畫大師帶來店裡的。
對了，上次去剃汗毛的徐娘是什麼人啊？
啊，小夜子小姐，她說她是著裝師。
那個人風情萬種啊！
好痛！
女性也會上理髮廳啊。
真是的！
剃汗毛之後，臉和後頸皮膚會比較有光澤，化起妝更好看。
哦，這樣啊。

三天後——
您已經預約了，但真是抱歉，我岳母病倒了，拙荊回娘家去，現在不在店裡。
哎呀，這樣啊……那就麻煩師傅吧。
我來……可以嗎？

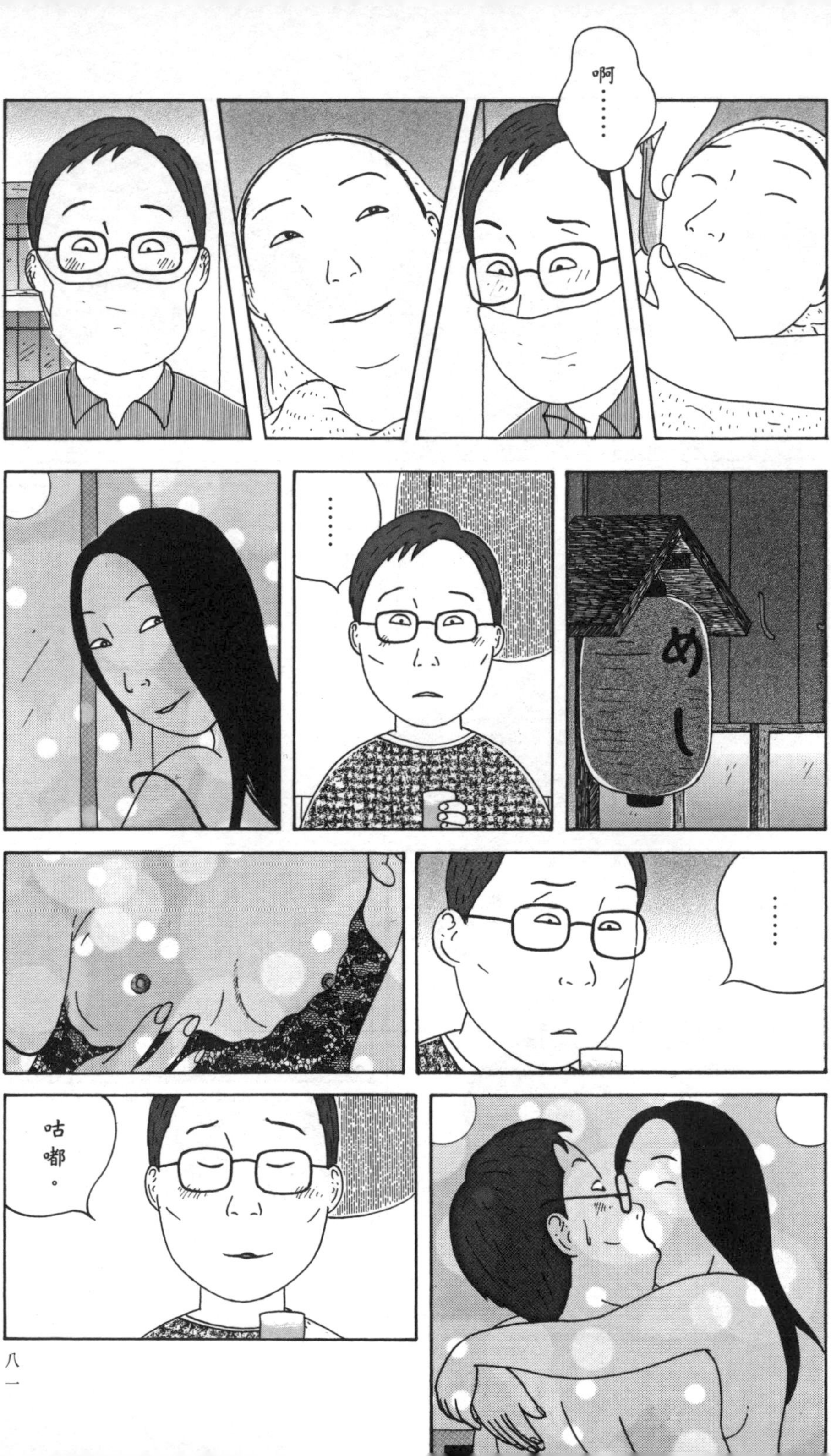
啊……
めし
……
……
咕嘟。

來，久等了。
小君還沒回來嗎？
呼呼。
上原。
啊！嗯，你說什麼？
發生什麼事了嗎？你從剛才就一直魂不守舍。
絕對沒有任何事，真的。
這樣看來，肯定有事啦。
咦？沒有啊，沒事。

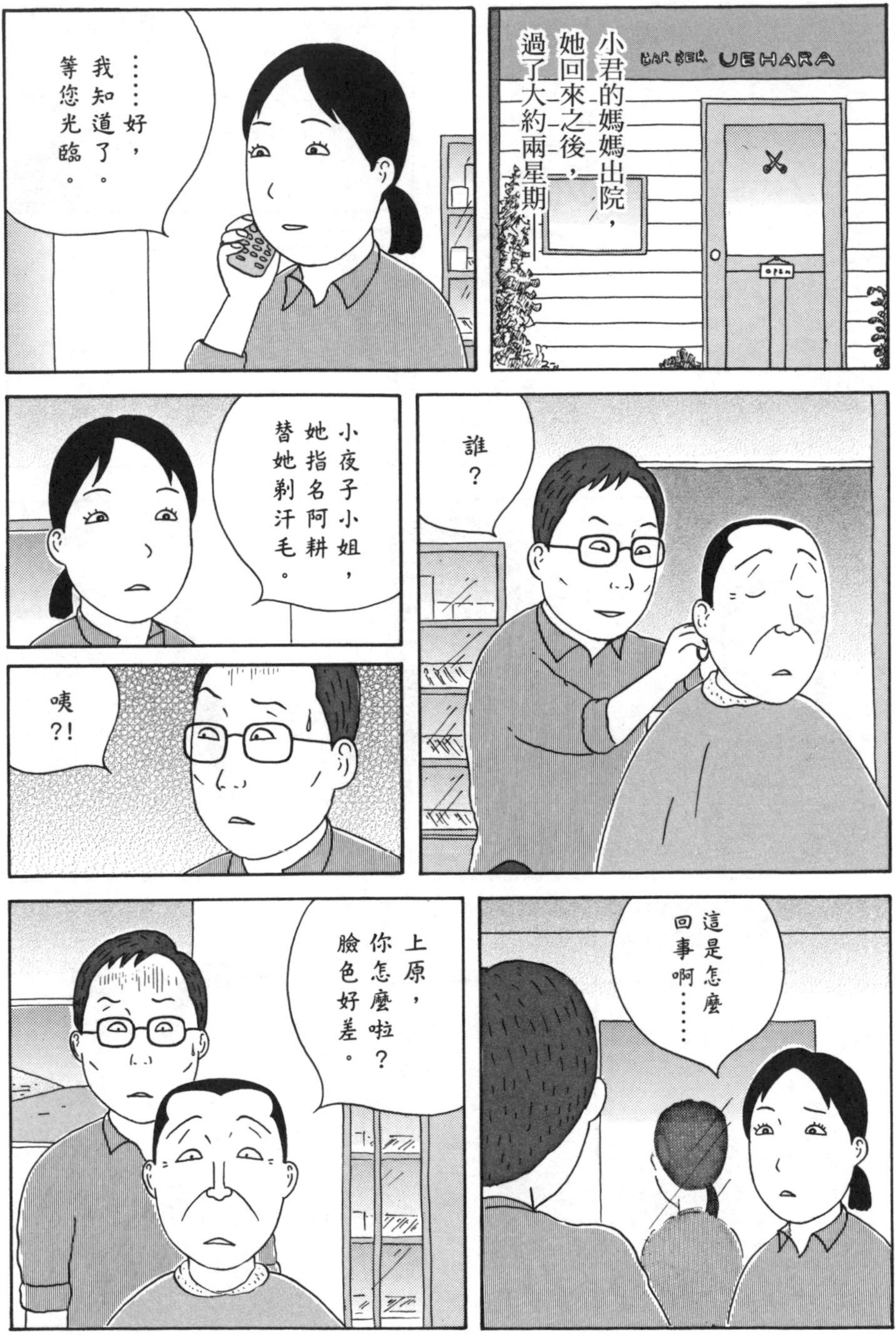

小君的媽媽出院，她回來之後，過了大約兩星期
UEHARA
……好，我知道了。等您光臨。
誰？
小夜子小姐，她指名阿耕替她剃汗毛。
咦?!
這是怎麼回事啊……
上原，你怎麼啦？臉色好差。

所以後來怎樣了？
上原突然不舒服，上二樓去休息了。
後來是小君幫我理的。她預約第二天的下午，上原不知道能不能接……
對不起，我先生發燒病倒了……
哎呀，這樣啊……那就麻煩妳了。
我嗎?!
……

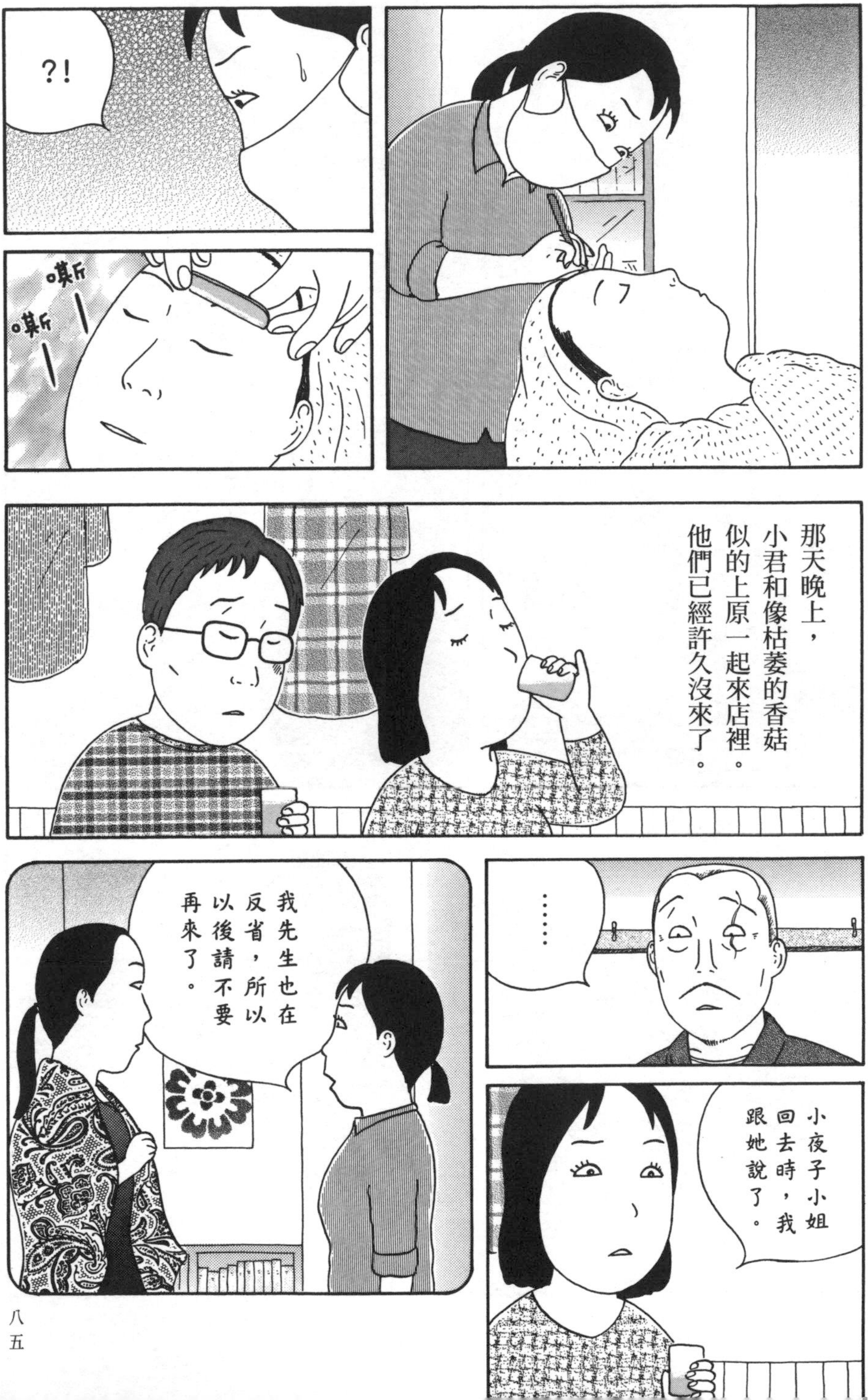
?!
嘶—
嘶—
那天晚上，小君和像枯萎的香菇似的上原一起來店裡。他們已經許久沒來了。
……
我先生也在反省，所以以後請不要再來了。
小夜子小姐回去時，我跟她說了。

我知道了，那請跟妳先生問好。
呼。
我緊張得跌坐在地。
讓外遇對象的老婆剃汗毛，還能呼呼大睡，真不是簡單人物。
其實她背後有整面菩薩和龍的刺青。所以我就……漸漸害怕起來……
嗚……
阿耕。
……
既然有緣在一起，就好好珍惜啊。

第276夜◎油豆腐皮烏龍麵

春菜跟明菜是聲優學校的同學。現在聲優好像非常受歡迎，但是要當聲優可不容易。
歡迎光臨。
兩碗油豆腐皮烏龍麵。
油豆腐皮烏龍麵，久等了。
店裡的油豆腐皮烏龍麵是關西的清淡口味，天氣冷的時候常做。

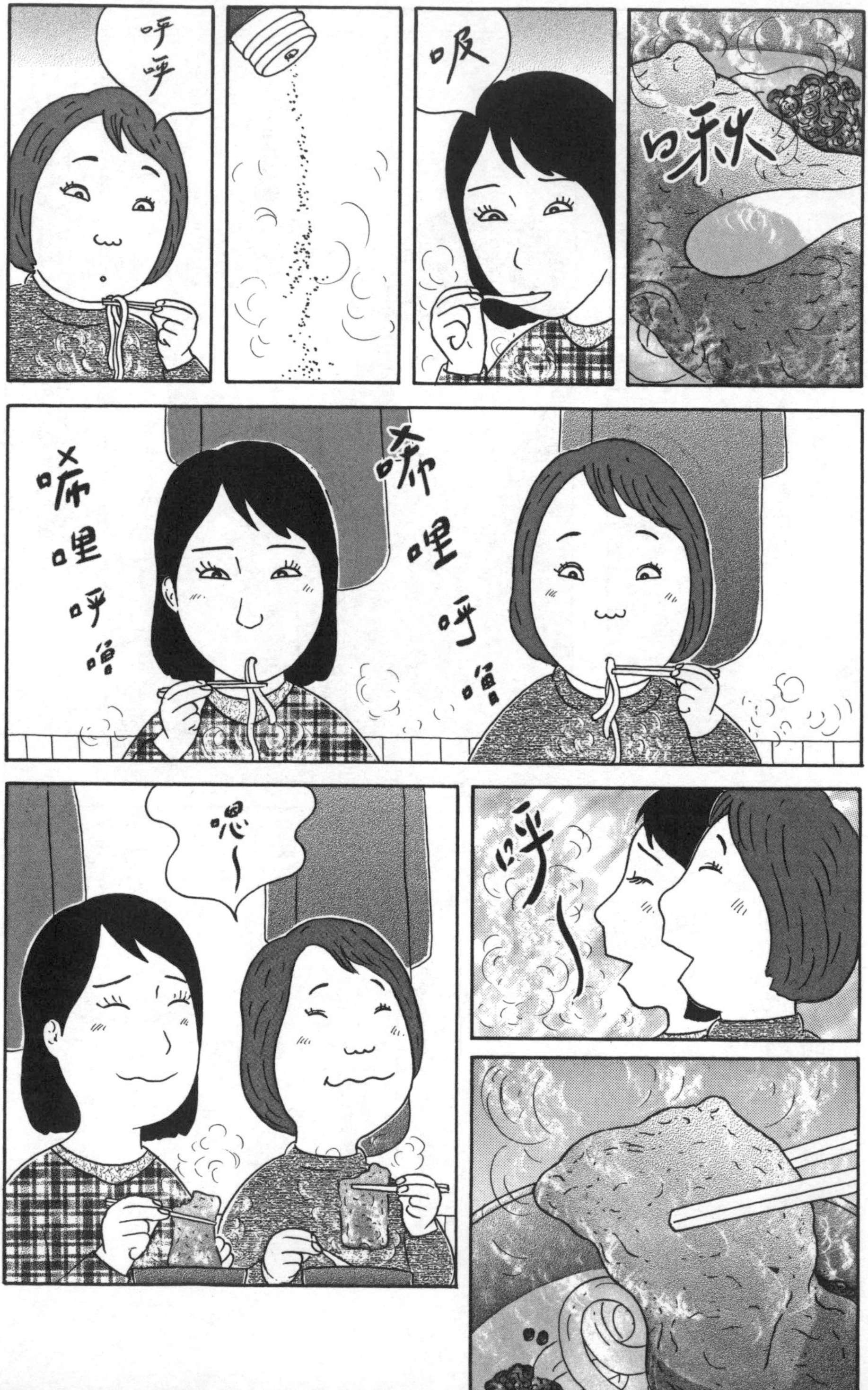
啾
吸
呼呼
唏哩呼嚕
唏哩呼嚕
呼—
嗯—

年輕真好啊……
說什麼呢，麻里鈴還年輕呢。
看到她們就好羨慕啊。未來有無限可能呢。
她們倆在上聲優學校。
明菜不只是配音，也能去當偶像吧！
我不行，不僅是音癡，還有口音。
明菜，口音是可以改掉的。後天的試鏡加油喔！
嗯。
兩人都要去試鏡嗎？
是的。

去試試自己有多少本事。
第一次挑戰呢。
加油啊，我支持妳們。
めし
三天後
兩人都沒被選上。
這樣啊，真可惜。
但春菜進入最後的四人決選！
好厲害啊。
也有演藝事務所的人來找明菜呢。

太好啦!!
久等了。
獎勵妳們這麼努力，多給一塊油豆腐皮。
哇啊。
我開動了。
現在想起來，那天就是兩人命運分道揚鑣的時候。
過了不久，明菜就當起雜誌模特兒，也出現在電視綜藝節目裡。春菜偶爾也接聲優的工作，但主要好像是在傳呼中心打工……
一年後
今天好久不見的明菜跟我聯絡，說她要替動畫配音了。

我放棄當聲優了。
我也不知道該跟她說什麼，就在這時——
聲優長得不可愛也不行呢。
喀啦
唉。
歡迎光臨。才一進門就嘆氣?!
店裡大家都叫信田嘆氣王子。
唉，給我熱酒。
好。
?!
唉。

什麼都畫不出，
也沒任何點子。
我沒有才華啊。
信田是幾年前小有名氣的漫畫家，最近幾年陷入瓶頸。
我不當漫畫家了。
您是……信田先生吧？請不要放棄。
?!
我是《卡基多和麻美》的狂粉。
《卡基多和麻美》是信田唯一熱賣的作品。
喜歡惡作劇的卡基多聽麻美唱歌就會安靜下來，最後就睡著了，真是可愛。

謝謝妳記得《卡基多和麻美》。
老師，可以跟您握手嗎？
啊，好的。
哇，好軟喔!!
剛才還鬱悶的兩個人，立刻開朗起來了。我鬆了一口氣，但是……
《卡基多和麻美》聽說是老師跟媽媽之間的故事，老師的媽媽是怎樣的人呢？
?!
其實信田是超級媽寶，陷入瓶頸也是因為最愛的媽媽去世。所以不能在信田面前提起這個話題的。

……
嗚～～
老師?!
媽媽～～～
啊～這下糟了……
也正因為這樣，兩人開始交往。
在春菜的鼓勵下，信田開始連載《卡基多和麻美》的續集《卡基多和小春》。風評很好，要改編動畫時，信田說了——
我有最適合替小春配音的聲優人選。因為她是小春的原型，真正的小春。

於是春菜，
就以小春的聲優出道了。
卡基多由人氣急速上升的
明菜來配音。
能當聲優，簡直跟作夢一樣……
不是作夢喔。而且一切都從現在開始呢。
嗯，說得對。
對，現在才剛開始！
久等了，油豆腐皮烏龍麵！

第277夜◎酸桔醋白子

有頭髮的是有田先生，沒頭髮的是梨田先生。兩人是高中以來四十年的好友，今天參加了有田先生女兒的婚禮歸來。
酸桔醋白子，久等了。

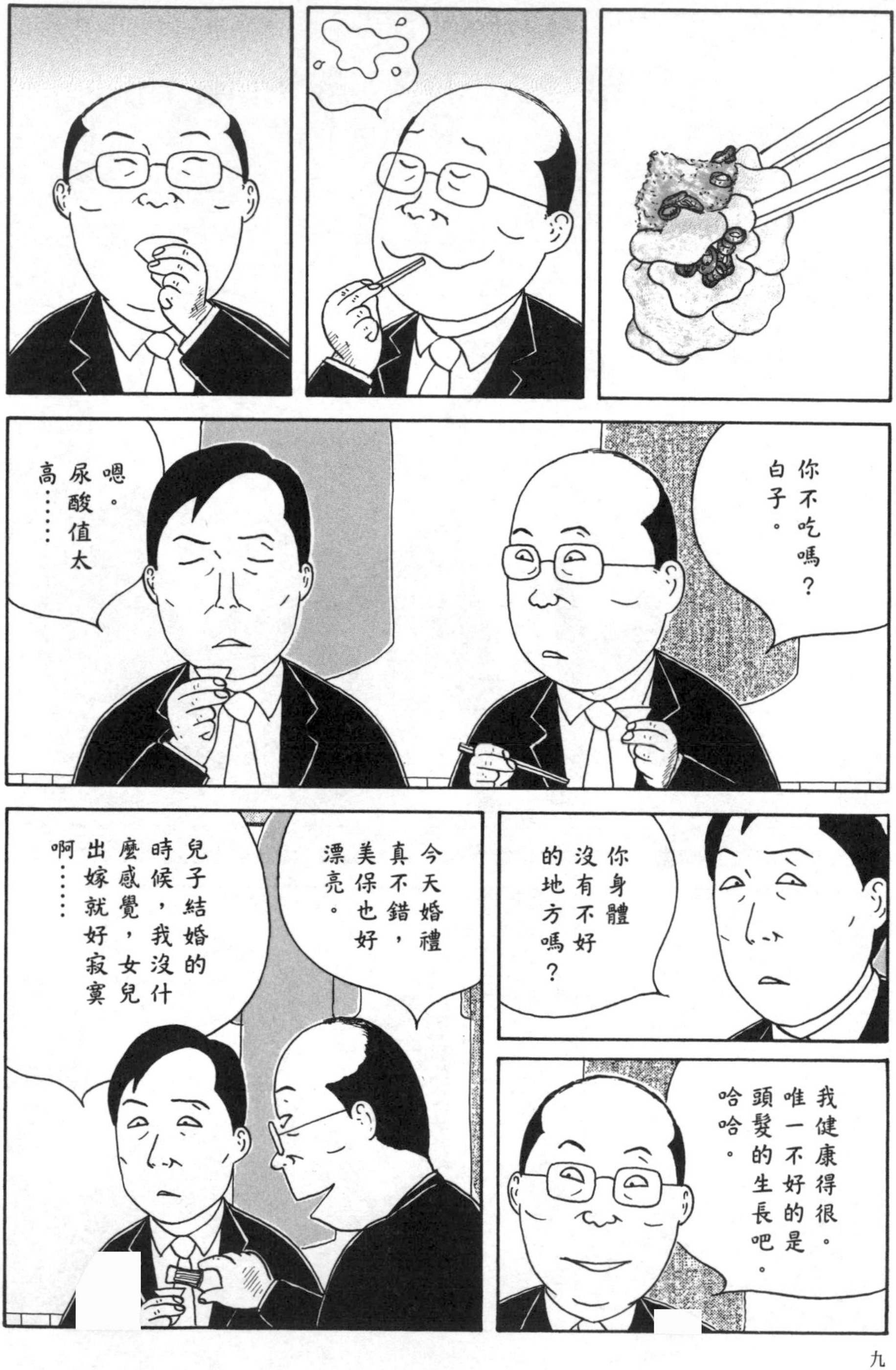
你不吃嗎？白子。
嗯。尿酸值太高……
你身體沒有不好的地方嗎？
我健康得很。唯一不好的是頭髮的生長吧。哈哈。
今天婚禮真不錯，美保也好漂亮。
兒子結婚的時候，我沒什麼感覺，女兒出嫁就好寂寞啊……

梨田的話會哭得更厲害吧。梨華結婚的時候。
嗯，畢竟是獨生女啊。但還早呢。她還是十九歲的大學生啊。
這可很難說喔。搞不好……
喀啦
歡迎光臨。
梨華?!
爸爸?!
這，這個男人是誰?!

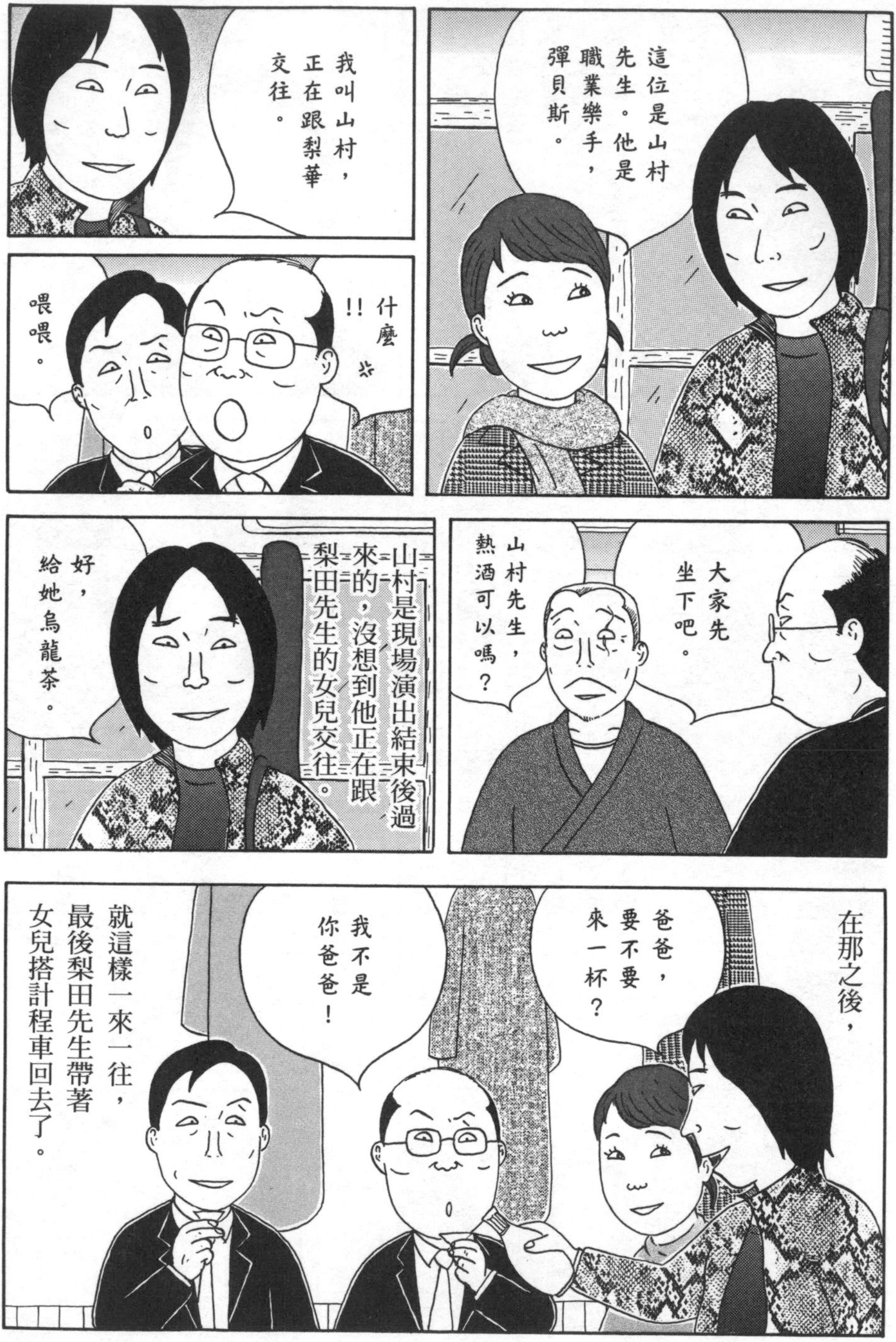
這位是山村先生。他是職業樂手，彈貝斯。
我叫山村，正在跟梨華交往。
什麼!!
喂喂。
大家先坐下吧。
山村先生，熱酒可以嗎？
山村是現場演出結束後過來的，沒想到他正在跟梨田先生的女兒交往。
好，給她烏龍茶。
在那之後，
爸爸，要不要來一杯？
我不是你爸爸！
就這樣一來一往，最後梨田先生帶著女兒搭計程車回去了。

一週後
めしや
後來怎麼樣啦？
我同意他們交往。條件是要守門禁，晚上十一點……
這樣啊。山村先生偶爾會來，別看他那樣，他這人很認真的。
女兒好像跟我太太聊過了。
就爸爸被蒙在鼓裡啊。
但是搞音樂活得下去嗎……
當爸爸的有了女兒就有操不完的心啊。

二月中，——
唉……
我明白你的心情。
梨田先生的女兒告訴他自己懷孕了。
熱酒，久等了。
老闆，你聽我說，星期天啊，
那個傢伙突然到我家來。

爸爸，請讓我跟梨華結婚。
拜託您了。
拜託您了。
……
開什麼玩笑，你這混蛋!!
爸爸!!
爸爸!!
爸爸!!
你沒資格叫我爸爸!! 快滾!!

因為懷孕了，所以要結婚，混帳東西！她才十九歲啊。他以為我會答應嗎？我當爸爸的……
你太太怎麼說？
我老婆好像想讓他們在一起……
梨華現在怎麼樣了？
跟他一起離開，但現在回家了。
總之好好跟令嬡談談，還是要考慮未來的。
不要一個勁兒反對比較好。可能會刺激她反抗，女人都這樣……
唉……

我回來了。
回來啦。梨華，我有話跟妳說。
肚子裡的孩子……
……
那個時候太太走了進來，說出驚人之語。
孩子的爸，我好像懷孕了。
今天我去婦產科，說三個月了。
媽媽，真的嗎？!
咦……

你太太幾歲了？
四十三。
這傢伙的太太，比他小一輪啊。
所以，要怎麼辦？
我太太說要生。這樣的話，就不能叫女兒不要生了。
於是梨田先生心不甘情不願地同意女兒結婚。諸事繁雜之下，婚禮在五個月後舉行，那時候的照片真是傑作啊。
喏，很讚吧?!

第 278 夜◎燻漬蘿蔔乾與
馬斯卡彭乳酪
燻漬蘿蔔乾是用煙燻過的蘿蔔去醃漬的秋田名產。這跟義大利的馬斯卡彭乳酪很搭，所以很有趣。但是竟然想得出這種組合，真不容易啊……
我情人是當甜點師傅的義大利人，有一天他送我馬斯卡彭乳酪。
第二天，出身秋田的男朋友買了日本酒跟燻漬蘿蔔乾送來。
……

情人是義大利人！
男朋友是秋田出身?!
切了燻漬蘿蔔乾，打開冰箱發現裡面有馬斯卡彭乳酪。我就把乳酪拿出來一起配日本酒，自然就……
喀喳
這很搭！搞不好是世紀大發現?!
這是什麼時候的事？
這我也知道啊，頗有名的。
「贊否兩論」的笠原先生開始的不是嗎？

※ 東京惠比壽的日本料理店「贊否兩論」店主笠原將弘先生，從 2003 年開始，就在店裡提供馬斯卡彭乳酪搭配燻漬蘿蔔乾。

這樣啊，我不是第一個啊。
不講這個，妳有男朋友，還有情人啊？
就是！
嗯，對。
這不是腳踏兩條船嗎？
不是，我是「多元關係」。
那是什麼？「多元關係」?!
喀啦
歡迎光臨。
Buona Sera！

麻美，等很久了嗎？
等了一會兒。
!!!!
老闆，我要溫酒。
好。
那就是馬斯卡彭乳酪吧。
嗯…
喀喳
嗒，卡羅，這很搭吧？
真的。就跟我和麻美一樣。

兩人親熱地離開後——
多元關係是同時和複數的對象有性關係的生活方式。
這不遵循傳統戀愛觀念，而是新的戀愛形式，複數對象……
什麼啊?!說得那麼好聽，不就是腳踏兩、三條船嘛。
腳踏兩條船是不讓原本的對象知道，說謊隱瞞，不是嗎？多元關係是彼此都知道對方有其他交往對象，一切都是公開的。所有參與者都知道道，並同意這種關係。
也就是說，同意自己的男友有其他的女人？難以置信。
我也是。

世界不斷進步，各種新鮮事都會出現。一星期後，麻美小姐跟另一個男朋友來了。
偶爾在外面見面也不錯。
是啊。
這位是燻漬蘿蔔乾吧。
是吧。
次郎先生，週末去箱根的別墅好嗎？
好啊。
喀喳
卡羅的表妹從義大利來玩。卡羅店裡很忙，沒空陪她……你看這個。

真是個美人。
就是吧？嘻嘻。
啊，那個──您的女朋友有別的情人，您不嫉妒嗎？
……嫉妒啊？也不是不會，但我接受了這個情況。因為是她，所以我全盤接受。
?!
她不會說謊，什麼都跟我明說。不管是對我，是對自己還都很誠實。
而且她對我非常好。

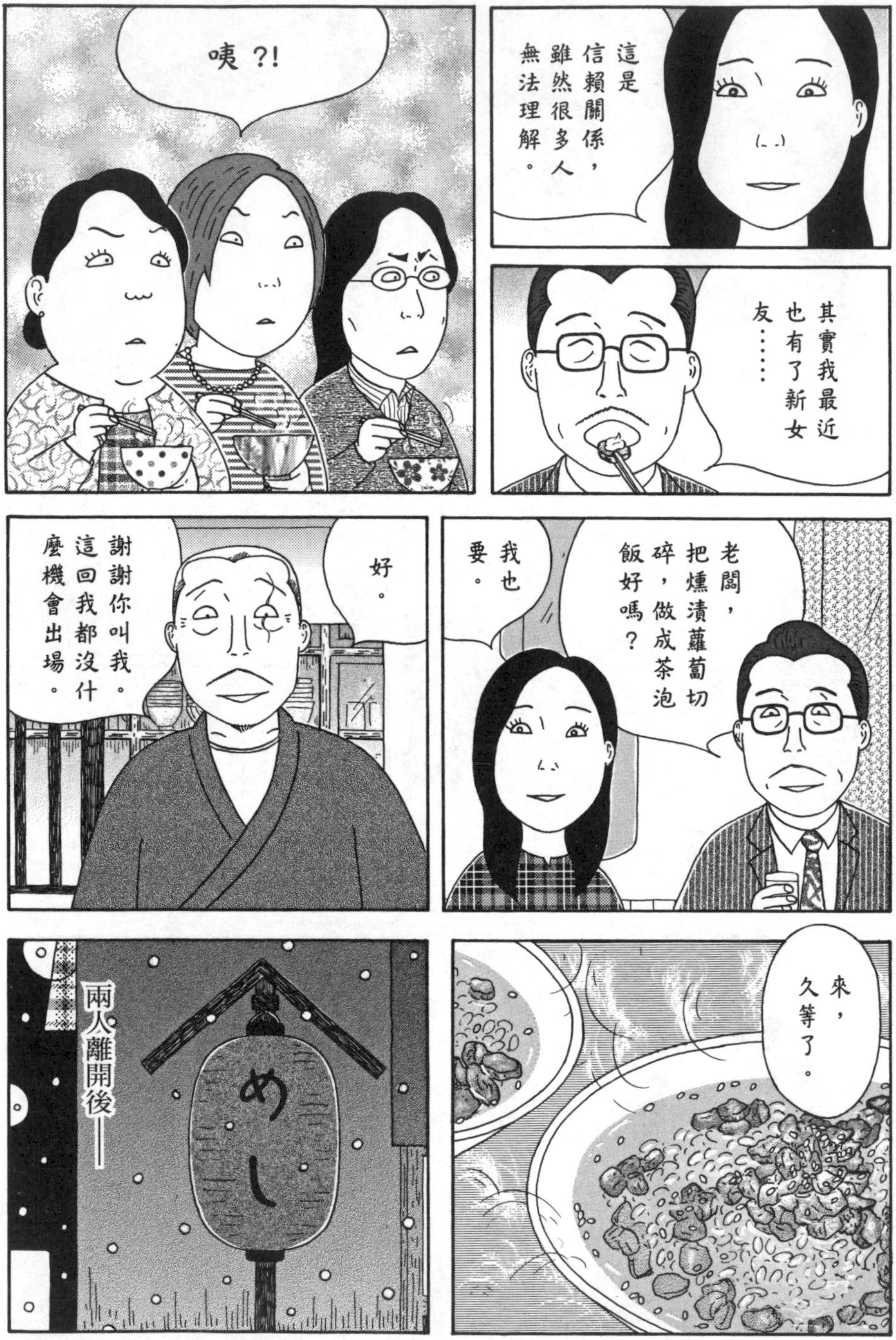
這是信賴關係，雖然很多人無法理解。
其實我最近也有了新女友……
咦?!
老闆，把燻漬蘿蔔切碎，做成茶泡飯好嗎？
我也要。
好。
謝謝你叫我。這回我都沒什麼機會出場。
來，久等了。
兩人離開後——
めし

複數對象啊……
有兩個男朋友很不錯，但女朋友的話……
不要那麼奢侈，我只要一個男朋友就好。
一個月後——
喀啦
Buona Sera—!
歡迎光臨。

麻美走了。辭掉工作去義大利了。
?!
去找我的表妹吉娜。
麻美跟吉娜都是很有魅力的女性。她們一見面就擦出了愛的火花。
雖然理智說不行，但心沒辦法控制。
她喜歡的不只男人啊。
次郎下個月好像要帶燻漬蘿蔔乾去義大利。因為麻美寫信來說想念燻漬蘿蔔乾了。
多元關係也很辛苦呢。
嗯。

第279夜◎香草冰淇淋

還真有乍看之下強悍，好像非常會喝酒，其實一滴也不能喝的人。村木先生就是這樣。順應他的要求，我在飯後提供了這樣的東西。
香草冰淇淋，久等了。
市售的香草冰淇淋，加上一塊威化餅乾。
♬
你很喜歡呢。

喀滋
吃冰淇淋的村木很可愛啊。
我這輩子第一次被人說可愛。
這樣啊。
我從小就是這張嚇人的臉，眼神又兇惡，大家都這麼說。
是不是還有人拉你去黑幫？
對啊，在拳擊運動場的時候。
問我要不要當保鏢。我鄭重地拒絕了，哈哈。
……

啊，只有一個女生說喜歡我的眼神。
哎喲?!
是我太太……兩年前分開了。
喀啦
歡迎光臨。
想吃什麼？這家店可以點想吃的東西，老闆都幫你做。
……

總之先來啤酒吧。
鈴木先生，好久不見。
村木……
不好意思，我想起有急事。
喀噠
走吧。
我要留在這裡。
妳說什麼啊！我要走了!!

啪砰
那個人常來嗎？
上次第一次來，今天是第二次。你認識他嗎？
前公司的上司。他把自己犯的錯，全部推到我頭上，裝作不知情的樣子。
我辭職之前，揍了他一拳。
不管到哪裡，我都抽到下下籤，也因此變得堅強了。
不跟他去沒關係嗎？
沒關係，他是個討厭的客人。
……

要吃什麼嗎？
我也要冰淇淋。
嚴冬的冰淇淋，我也喜歡。
以前根本無法想像。
♪
喀滋
我是電話預約的村木，是第一次來……
哎呀?!您好。
咦？

在食堂吃冰淇淋的。
喔！
嗚～～～
我白天是寵物美容師，一週三次晚上去陪酒。
村木先生跟貴賓狗不搭嘎啊。
可能是分手的太太的喜好吧？他說太太離開時沒有帶走。

珍珠非常喜歡村木先生喔。
我以為村木先生很可怕，其實他是溫柔的人呢。
喀啦
怎麼啦？跟人打架了嗎?!
我去勸架，結果被打……真是蠢啊。
真的是。
?!
哎呀，對不起，村木先生，要不要坐這裡？

老闆，兩份香草冰淇淋。
好。
兩人就此開始交往。
說起來是寵物美容師奈美比較積極。
村木先生好像也終於把離婚的前妻拋在腦後了。
他們倆總是跟愛犬珍珠在一起。有一天散步途中，在公園休息時，一位女士走到兩人面前。
?!

原來是村木先生的前妻，要來找他破鏡重圓。
真奈美……
珍珠！
珍珠!!
珍珠!!
……
真奈美小姐眼見這一幕，就默默地離開了。這是昨晚奈美一面吃冰淇淋，一面說的。

第280夜◎乳酪烤長蔥
久等了，乳酪烤深谷長蔥！
三奈小姐是三女，
我開動了。
詩織小姐是四女。她們家四姊妹跟長蔥一樣是埼玉縣深谷產，很有趣吧？
呼呼呼

好燙。
呼。
她們都住在東京，偶爾會碰面吃喝。
昨天在深谷的朋友送了好多長蔥來。
現在正當令呢。
一月底的時候，還有「長蔥祭典」，很熱鬧喔。
哦，妳們偶爾會回去嗎？
大概只有新年的時候吧。
四姊妹聚在一起，一定很熱鬧吧。
加上媽媽就五個女人了。爸爸每次都不知不覺間躲到別處去啦……

嗯……
啊，之前我在奇怪的地方碰到爸爸了。
什麼奇怪的地方？
箱根一日遊溫泉的停車場，跟年輕的女人在一起。
爸爸真是死性不改。妳有說他幾句嗎？
沒有，我也跟男人在一起。
你們真是的！我絕對不會外遇的。
所以就離婚啦。
少囉唆。
媽媽知道爸爸出軌，還是原諒他了吧。

爸爸一定會回來不是嗎？就像他做的竹蜻蜓一樣。
竹蜻蜓？
爸爸喜歡製作竹蜻蜓。
爸爸跟竹蜻蜓，的確都會回來呢。
姊妹倆離開後——

跟竹蜻蜓一樣會回來的爸爸，很有趣啊。
就是。
一週後——
めし
來，這是伴手禮。
深谷長蔥嗎？謝謝。妳們回老家去啦？
媽媽有話要說，把我們四姊妹都叫回去。
她想跟爸爸離婚。

大姊問為什麼突然要離婚，
媽媽說，她有喜歡的人……
是現在流行的熟年離婚嗎？
令堂多大？
五十九吧……爸爸一直都隨心所欲，媽媽對他說：「你也讓我隨心所欲一下」，他就說不出話來了。
自作自受。還是媽媽有男朋友比較讓我震驚。
她的男朋友是怎樣的人？
他提早退休，自己開陶藝教室。他們是在那裡認識的。

令堂也真下得了決心啊。她是專職主婦不是嗎？
去年底她好像中了彩券。沒跟我們說中多少就是了。
只要有錢就很堅強啦。
她們帶爸爸來過店裡。離婚後爸爸十分消沉，姊妹們叫他來東京，給他打氣。
老闆，這是我爸爸。
你好。
歡迎光臨。
老闆，這個給你。爸爸做的竹蜻蜓。
謝謝。

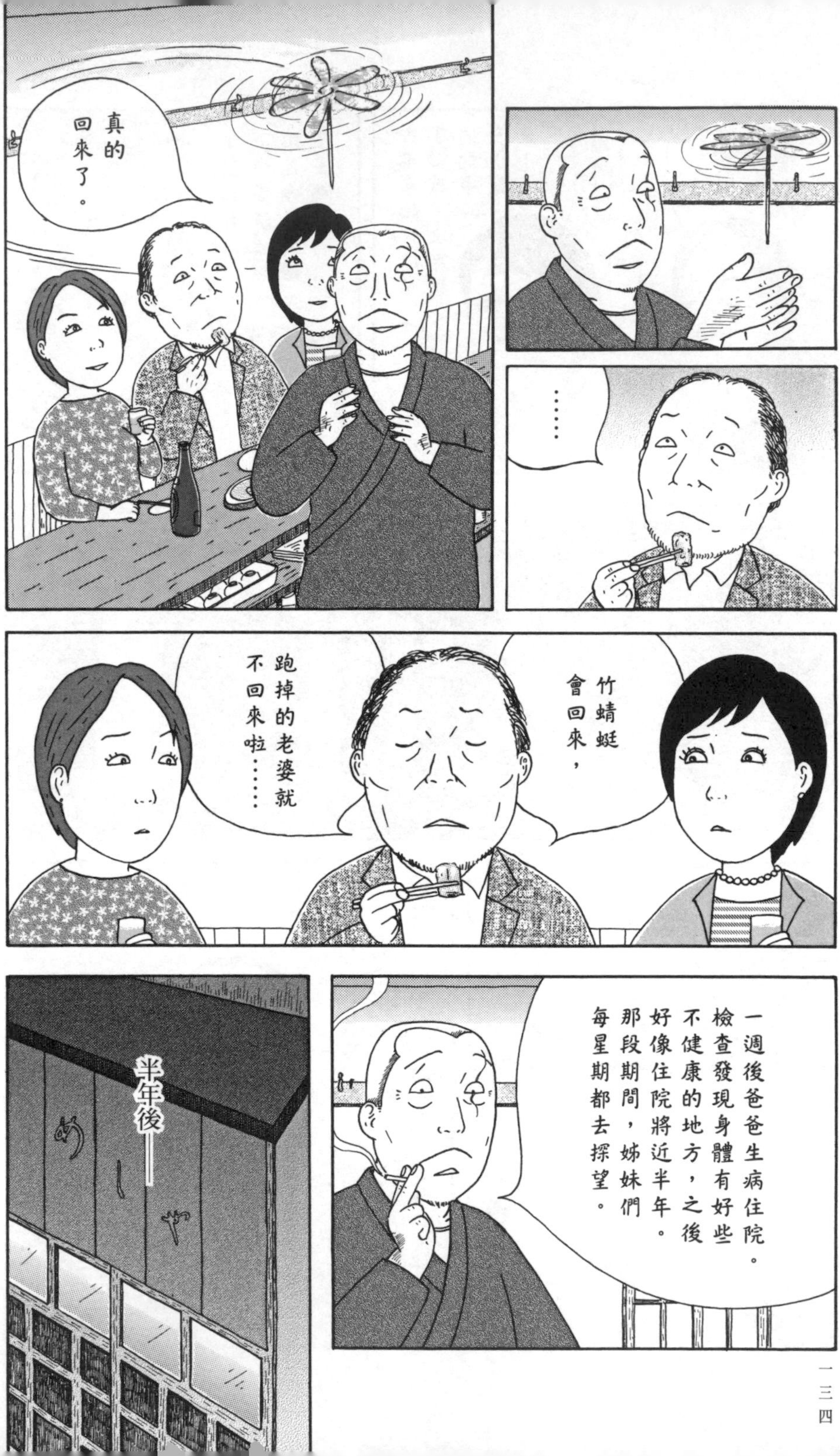
真的回來了。
……
竹蜻蜓會回來，
跑掉的老婆就不回來啦……
半年後——
一週後爸爸生病住院。檢查發現身體有好些不健康的地方，之後好像住院將近半年。那段期間，姊妹們每星期都去探望。

令尊身體好嗎？
好是好，住院的時候，還交了女朋友。
小他二十五歲的護理師。
令尊真厲害呢。
她是單親媽媽，有個六歲的兒子喔。
有什麼關係。爸爸好起來了，也沒什麼遺產可以爭奪。
是沒錯啦……
那年年底，四姊妹聚在一起。大姊跟二姊從深谷到新宿來一起辦尾牙。爸爸在十二月初跟女友登記結婚了。
MOA

前一陣子，我跟大姊去了爸爸那裡。
他在後院裡跟小男孩一起玩竹蜻蜓。
爸爸好像非常開心……
爸爸一直想要兒子吧。
……應該是

第281夜◎松露鹽

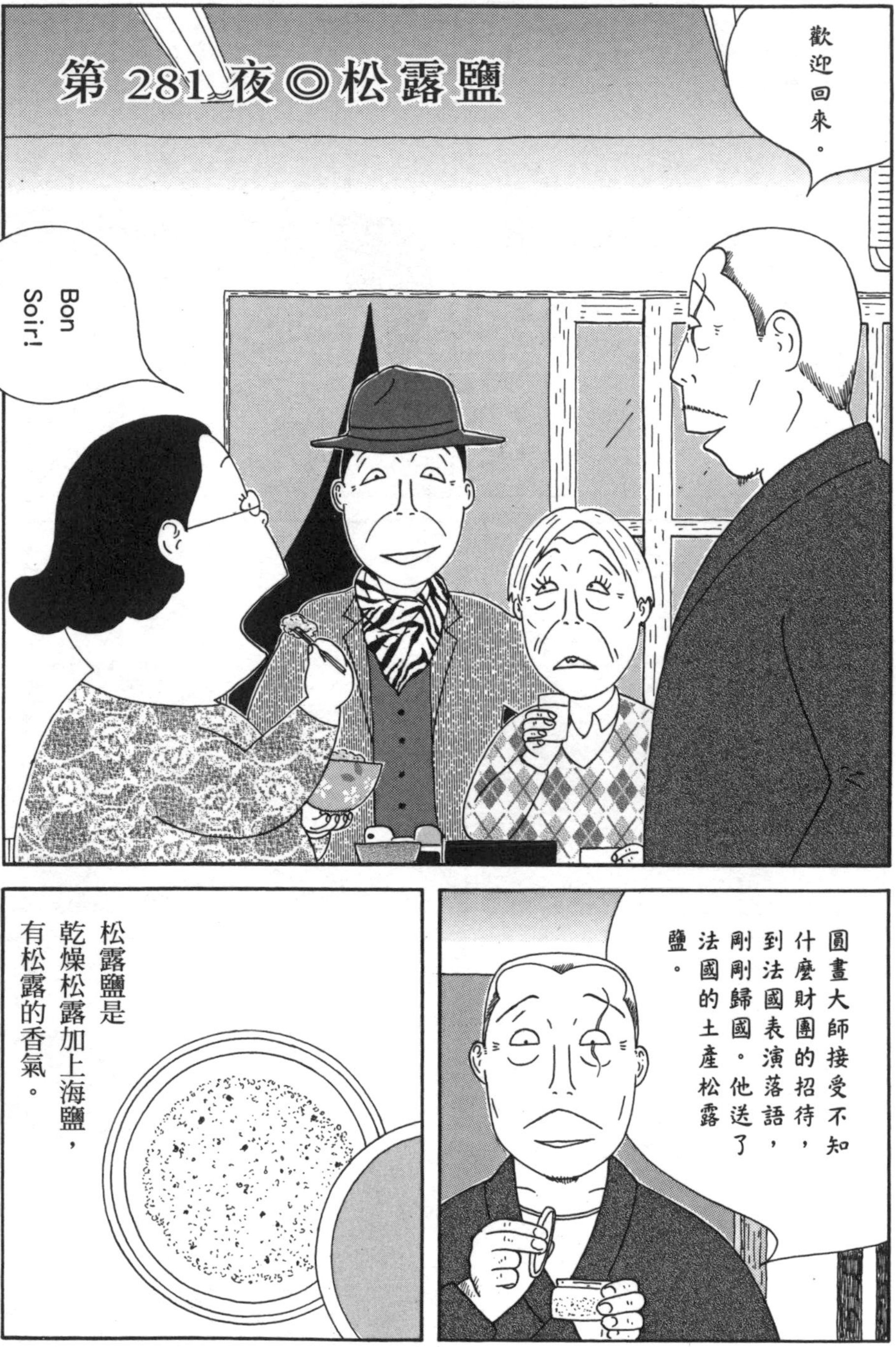
歡迎回來。
Bon Soir!
圓畫大師接受不知什麼財團的招待，到法國表演落語，剛剛歸國。他送了法國的土產松露鹽。
松露鹽是乾燥松露加上海鹽，有松露的香氣。

在法國表演落語，有誰要聽啊？
旅法日本人，跟對日本文化有興趣的法國人啊。
用法語表演落語嗎？
怎麼可能啊。我背後有螢幕，上面會打字幕啦。
也是。
來，久等了。總之試做了一下。
番茄和荷包蛋撒松露鹽，
松露鹽飯糰。

哎喲，這感覺挺高級的啊。
嗯，很搭呢。但我還是喜歡醬油……
哇!!松露的香味撲鼻而來。
人人反應不一。跟其他的客人提到松露鹽，大家覺得有趣，都點自己喜歡的東西。
蛋捲。
我要洋蔥圈。
奶油義大利麵！
炸雞天婦羅。
只要撒上一點松露鹽，松露的香氣就改變了平常的氛圍。

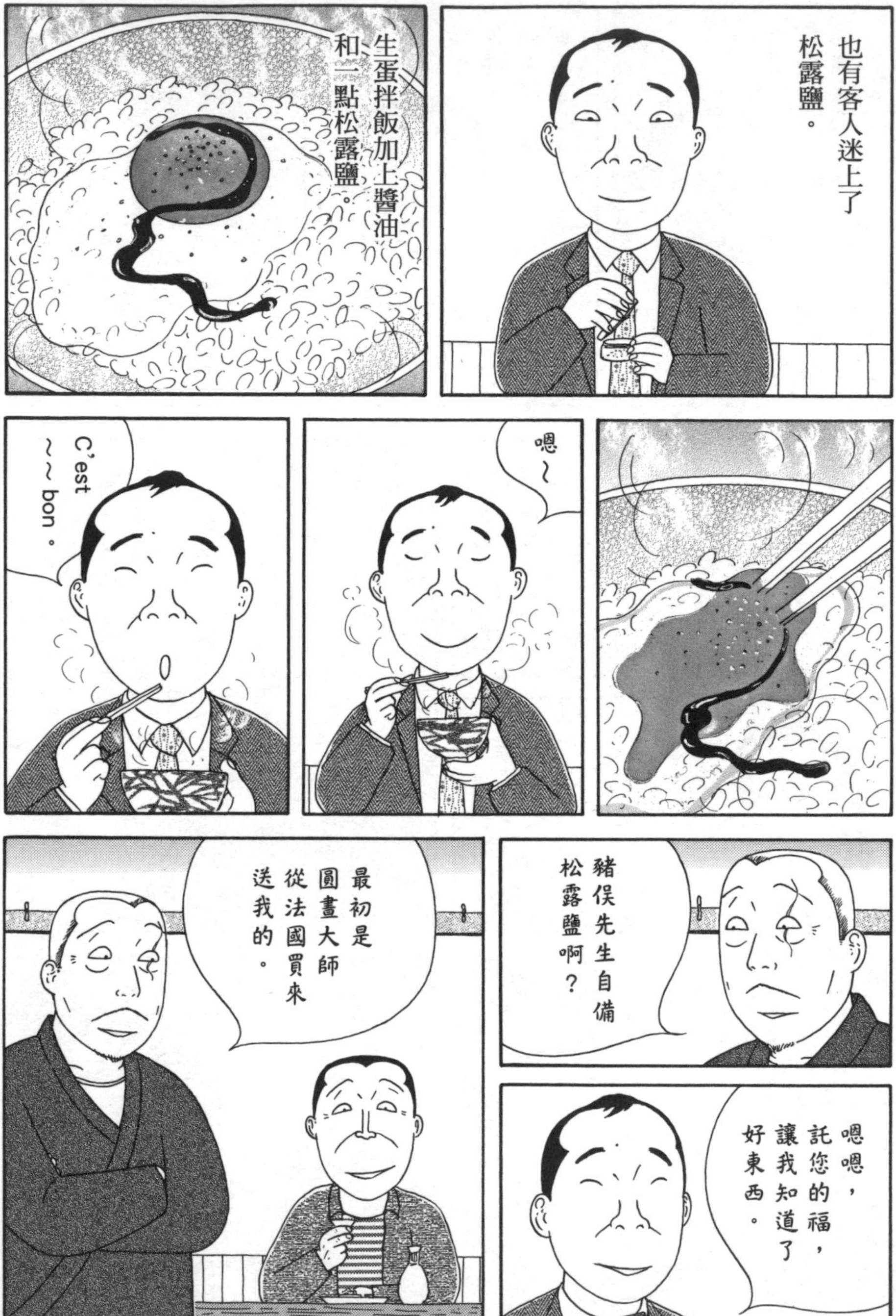
也有客人迷上了松露鹽。
生蛋拌飯加上醬油和一點松露鹽。
嗯～
C'est～～bon。
豬俣先生自備松露鹽啊？
最初是圓畫大師從法國買來送我的。
嗯嗯，託您的福，讓我知道了好東西。

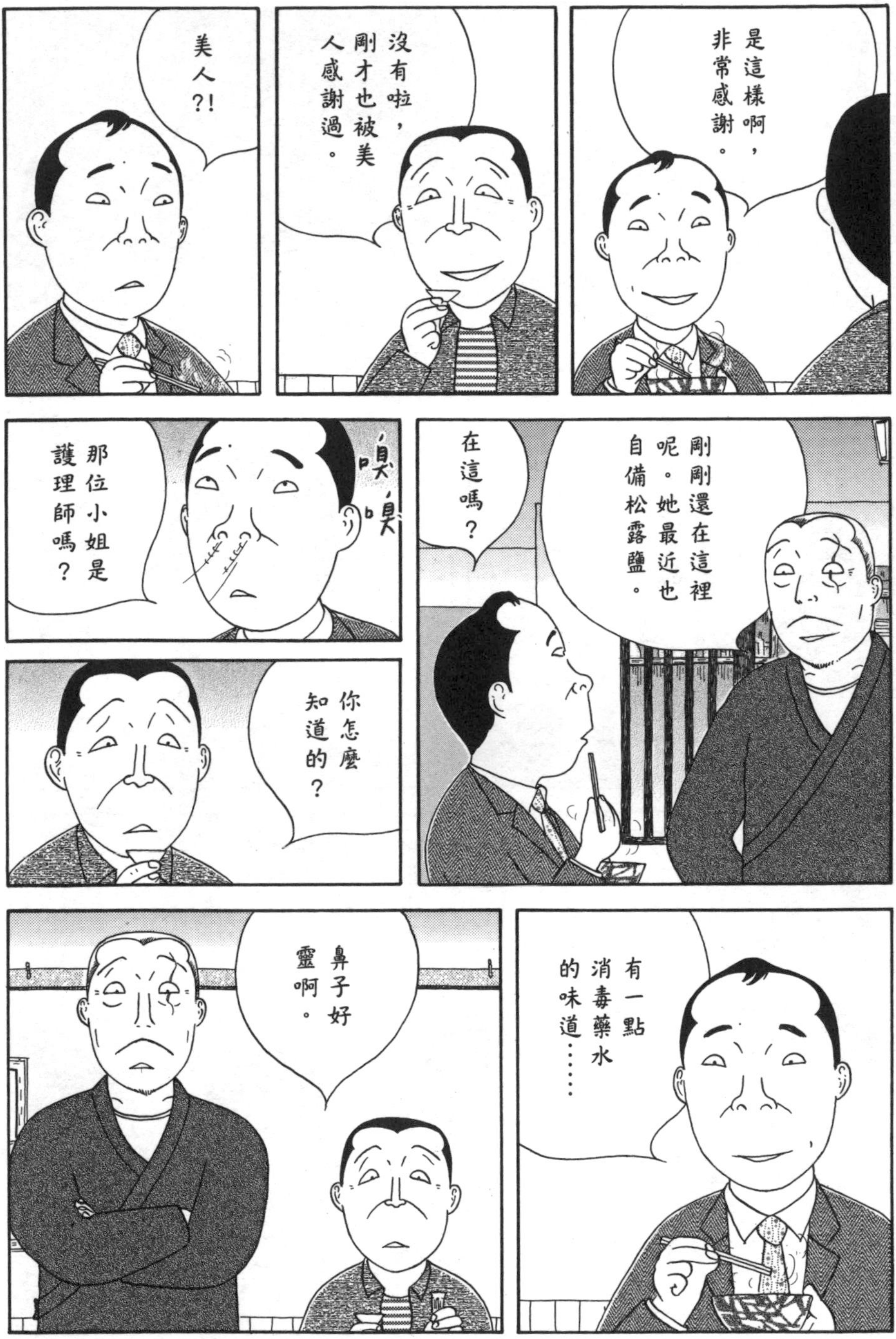
是這樣啊，非常感謝。
沒有啦，剛才也被美人感謝過。
美人?!
剛剛還在這裡呢。她最近也自備松露鹽。
在這嗎？
嗅嗅
那位小姐是護理師嗎？
你怎麼知道的？
有一點消毒藥水的味道……
鼻子好靈啊。

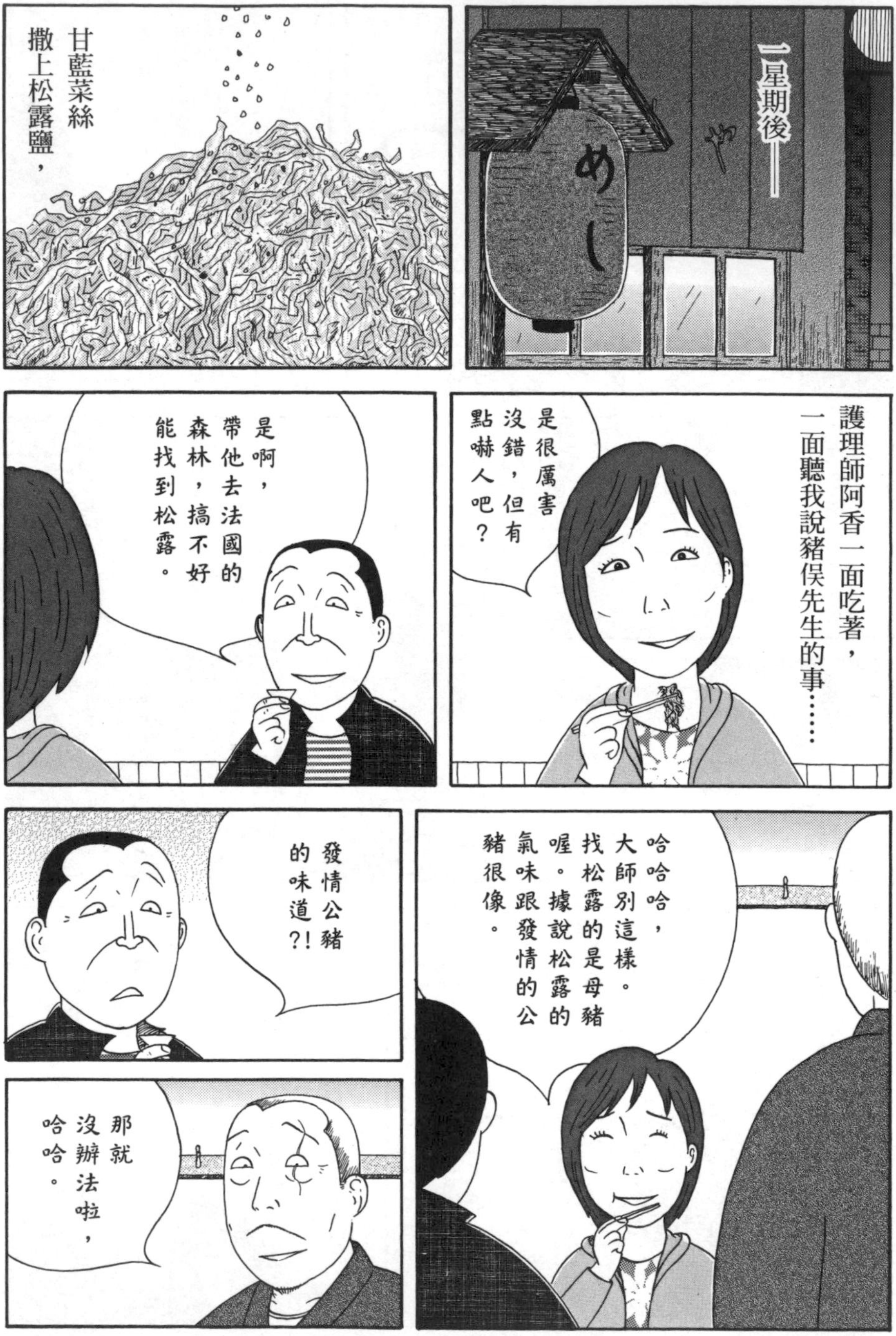
一星期後——
めし
甘藍菜絲撒上松露鹽，
護理師阿香一面吃著，一面聽我說豬俣先生的事……
是很厲害沒錯，但有點嚇人吧？
是啊，帶他去法國的森林，搞不好能找到松露。
哈哈哈，大師別這樣。找松露的是母豬喔。據說松露的氣味跟發情的公豬很像。
發情公豬的味道?!
那就沒辦法啦，哈哈。

阿香小姐回去後不久，豬俣先生在阿香小姐的座位前……
嗅
嗅
難道她來過了嗎？那位松露鹽護理師。
你知道啊？
真厲害。
我媽媽是護理師，那個味道我很熟悉……?!
這個掉在椅子上了。
聞——
阿香小姐的嗎？

味道好香。是怎樣的女性呢？
你可以隨著香味找過去吧？阿香說還要去另外一家店。
沒辦法啦。我又不是警犬。
那天豬俣先生點了鍋燒烏龍麵撒松露鹽。
手帕我收著吧。
?!

嗅嗅
不好意思，您是阿香小姐吧？
?!
自備松露鹽的護理師阿香小姐！
您是哪位？
哦，聞味道就認出來啦?!
後來怎麼樣了？

我邀她一起喝茶，但是被拒絕了。她有點反感的樣子。
也是啦，突然有不認識的男人叫自己的名字，還是因為氣味被認出來的啊。
唉……因為有那條手帕的香味，我不由得就……
鼻子太靈也很困擾啊……
嗯……
嗅嗅
老闆，有焦味喔？
啊!!
我在煮筍子……

清口菜

清口菜◎深夜食堂連鎖店?!

能一直持續不容易啊。
我也沒想到能維持到現在。
喀啦
你們不是在說我們的事吧？
不是啦。《深夜食堂》單行本出到第二十集啦。
什麼啊，原來如此。
對了，老闆，我去大阪，看見有一家店叫做深夜食堂喔。

我在網路上看見台灣也有深夜食堂耶。
中國跟韓國也都有。沒關係嗎，老闆？
問我有沒有關係……
我就當成是開分店啦。
但真的開起深夜食堂，撐得下去嗎……

託大家的福，《深夜食堂》出到第二十集了。在台灣好像比日本有名呢！
去台灣和粉絲見面簽書時，大家的熱情讓我非常感謝。
還有人從新北市送菱角湯到我在台北住的旅館，真是太感動了，謝謝大家。
我會努力畫大家喜歡的漫畫。今後也請多多指教。

安倍夜郎

深夜食堂YY0320

深夜食堂20

作者
安倍夜郎（Abe Yaro）
一九六三年二月二日生。曾任廣告導演，二〇〇三年以《山本掏耳店》獲得「小學館新人漫畫大賞」，之後正式在漫畫界出道，成為專職漫畫家。
《深夜食堂》在二〇〇六年開始連載，隔年獲得「第五十五回小學館漫畫賞」及「第三十九回漫畫家協會賞大賞」。由於作品氣氛濃郁、風格特殊，四度改編日劇播映。同時於二〇一五年首度改編成電影，二〇一六年再拍電影續集。

譯者
丁世佳
以文字轉換糊口二十餘年，英日文譯作散見各大書店。對日本料理大大有愛；一面翻譯《深夜食堂》一面照做老闆的各種拿手菜。

裝幀設計　黑木香
美術設計　佐藤千惠+Bay Bridge Studio
版面構成　兒日
內頁排版　黃雅藍
手寫字體　鹿夏男
責任編輯　王琦柔
行銷企劃　劉容娟、詹修蘋
版權負責　陳柏昌
副總編輯　梁心愉

初版一刷　二〇一八年七月二日
初版五刷　二〇二二年十一月二十五日
定價　新臺幣二〇〇元

ThinKingDom 新經典文化
發行人　葉美瑤
出版　新經典圖文傳播有限公司
地址　臺北市中正區重慶南路一段五七號一一樓之四
電話　02-2331-1830　傳真　02-2331-1831
讀者服務信箱　thinkingdomtw@gmail.com
部落格　http://blog.roodo.com/thinkingdom

總經銷　高寶書版集團
地址　臺北市內湖區洲子街八八號三樓
電話　02-2799-2788　傳真　02-2799-0909
海外總經銷　時報文化出版企業股份有限公司
地址　桃園市龜山區萬壽路二段三五一號
電話　02-2306-6842　傳真　02-2304-9301

深夜食堂 / 安倍夜郎作 ; 丁世佳譯. -- 初版. --
臺北市 : 新經典圖文傳播, 2018.07-
152面 ; 14.8X21公分

ISBN 978-986-96414-3-2（第20冊 : 平裝）